압록강은 흐른다

압록강은 흐른다

초판 1쇄 발행 2010년 7월 5일
초판 14쇄 발행 2024년 10월 31일

지은이 이미륵
그린이 윤문영
옮긴이 정규화

편집장 천미진
편 집 최지우, 김현희
디자인 최윤정
마케팅 한소정
경영지원 한지영

펴낸이 한혁수
펴낸곳 도서출판 다림
등 록 1997. 8. 1. 제1-2209호
주 소 07228 서울시 영등포구 영신로 220 KnK 디지털타워 1102호
전 화 02-538-2913 **팩 스** 070-4275-1693
블로그 blog.naver.com/darimbooks
다림 카페 cafe.naver.net/darimbooks
전자 우편 darimbooks@hanmail.net

ⓒ 도서출판 다림

ISBN 978-89-6177-032-3 43810

이 책 내용의 일부 또는 전부를 사용하려면 반드시 저작권자와 도서출판 다림의 서면 동의를 받아야 합니다.
책값은 뒤표지에 표시되어 있습니다.

압록강은 흐른다

이미륵 글 · 윤문영 그림 · 정규화 옮김

다림

차례

수암	7		송림 마을에서	126
독약	15		봄	133
첫 번째 벌	25		가뭄	141
남문에서	33		입학시험	146
칠성이	40		서울	156
대원 어머니	52		구학문과 신학문	165
내 아버지	58		작별	173
신식 학교	74		압록강은 흐른다	185
시계	85		기다리는 마음	197
방학	96		대양에서	203
옥계천에서	106		해안	208
상복기	121		도착	214

작품 해설 222

수암

수암은 나와 함께 자랐던 내 사촌의 이름이다.

나는 우리가 같이 지냈던 시절, 별로 즐겁지 않았던 일들을 아직도 생생하게 기억한다. 그 당시 우리의 나이는 정확히 기억나지 않지만, 아마 나는 다섯 살이었고 수암은 다섯 살이 조금 더 되었던 것 같다.

어느 날 저녁, 우리는 가느다란 꼬챙이로 한문책의 어려운 글자를 짚고 있는 아버지 앞에 함께 앉아 있었다. 수암은 그 글자의 뜻을 설명해야 했다. 그는 아침나절에 배웠던 글자를 벌써 까마득히 잊어버린 것 같아 보였다. 그는 꿀 먹은 벙어리처럼 잠자코 앉아 있기만 했다.

나의 아버지는 이미 죽은 동생의 아들에게 그처럼 어려운 한문을 일찍부터 가르치시기 시작했다.

"이 글자는 채소를 뜻한다. 어떻게 읽지?"

아버지는 조급하게 물으셨다.

"채!"

수암은 재빨리 대답했다.

"잘했다!"

아버지는 그를 칭찬한 다음, "다음 글자는 어떻게 읽지?" 하고 또 물으셨다.

그러나 이번 것은 첫 번 글자보다 훨씬 어려운 것 같았다.

수암은 입을 꼭 다문 채 눈을 내리깔고 방구석을 여기저기 곁눈질하면서 난처한 듯 나를 쳐다보았다. 그러나 나는 그를 어떻게 해 줄 수가 없었다. 왜냐하면 나는 아직 그 글자를 읽을 수도 없었기 때문이었다.

"야, 이 바보 같은 녀석아!"

아버지는 버럭 소리를 지르셨다.

그러자 수암의 그 작은 눈에 눈물이 고이더니, 곧 뺨 위로 흘러내려 그 어려운 글자 위로 떨어졌다. 그것은 나를 너무나 슬프게 했다.

다행히 그때 막 어머니가 방에 들어오셔서 우리를 밖으로 데리고 나가셨다.

"애들을 너무 꾸짖지 마세요."

어머니는 이렇게 말씀하신 다음, "학교에 가면 다 배우게 될 거예요." 하셨다.

어머니 덕분에 우리는 겨우 방에서 빠져나올 수 있었다.

수암은 어릴 적 나의 동무였다. 우리는 늘 함께 놀았고, 아침저녁도 같이 먹었고, 어디든지 함께 다녔다. 우리 집에는 아이들이 많았다. 나에게는 누나가 셋이나 있었고, 수암에게는 누나가 둘 있었다. 그래서 모두 일곱 명이었다. 그리고 또 구월이란 애가 있었다. 그 애는 방 청소, 아기 보는 일 등 집안일을 도맡아 하는 하녀였는데, 역시 우리 또래였다.

그들은 다 우리보다는 나이가 많았고, 같이 놀 수 없는 여자애들이었다. 그래서 우리 둘만 항상 함께 있었다. 내 기억에 우리는 짙은 갈색 옷고름이 달린 분홍 저고리와 회색 바지를 똑같이 입었고, 똑같은 검은색 가죽신을 신었다. 더구나 수암이 나보다 겨우 반년 먼저 태어나서 사람들은 우리를 쌍둥이로 착각하곤 했다. 수암은 뚱뚱하고 작았지만 힘센 사내아이로, 볼에는 도도록하게 살이 올라 통통했다.

그는 유난히 눈이 가늘고 작았으며 입은 너무 작아 거의 입술이 없어 보였는데 코는 아주 잘생겼다. 나는 그와 반대로 바짝 말라 키가 컸고 눈과 코도 제법 큰 편이었다.

그러나 우리는 따로 떼어 놓을 수 없는 단짝이었다. 웃을 때도 같이 웃었고 울 때도 같이 울었다.

우리가 매일 뛰노는 뒤뜰에는 태양이 눈부시게 비치었다. 조용하고 넓은 뜰에서 우리는 아무 방해도 받지 않고 잘 놀 수 있었다. 낮에는 아무도 그곳을 찾아오지 않았기 때문이다. 뿐만 아니라 날이 무덥기만 하면 옷을 훌렁 벗어 던지고 알몸으로 뛰어다닐 수도 있었다.

이 마당은 높은 담장으로 둘러싸여 있었기 때문에 이웃 사람들도 우리를 볼 수 없었다. 그리고 누나들이나 구월이가 가끔 채소를 뜯으러 와서 보아도 우리는 부끄러워하지 않았다.

수암은 길고 곧은 홈을 파서, 나와 같이 주워 온 평평한 돌로 그 위를 덮었다. 그는 홈의 한쪽을 더 파서 아궁이를 만들고, 다른 쪽에는 굴뚝을 만들어 세웠다. 그리고 아궁이에다가 마른 가지를 때면서 연기가 굴뚝으로 빠져나가는가 어떤가를 지켜보았다. 우리는 연기가 굴뚝을 통해서만 빠져나갈 때까지 돌 틈을 모두 흙으로 메웠다. 그것은 수암이 내게 가르쳐 준 정말 재미있는 놀이였다. 수암은 결코 아버지의 말씀처럼 바보는 아니었다. 그는 착하고 영리했다.

또 한번은 그가 잠자리 잡는 법을 가르쳐 주었는데, 그것은 우리 마을의 모든 아이들이 알아야만 했다. 가느다란 버들가지를 휘어 동그랗게 만들어서는 기다란 장대 끝에 단단히 동여맸다. 그것을 들고 우리는 거미줄을 찾으러 다녔고, 끝내 동그란 구멍을 거미줄로 꽉 메웠다. 우리는 예쁜 잠자리가 날아가는 것을 보자마자 잠자리채를 들고 쫓아가서는 되도록 날쌔게 휘둘렀다. 수암은 운이 좋게도 곧잘 잠자리를 잡았고, 또 조심스럽게 잠자리를 그물에서 떼어 냈다. 그가 엄지와 집게손가락으로 잠자리의 허리를 꼭 잡으면, 잠자리는 제 꼬리가 물릴 때까지 꼬리를 안쪽으로 구부렸다. 또 수암은 풍뎅이를 잡으면 넓고 반들반들한 돌 위에 거꾸로 뒤집어 놓았다. 풍뎅이는 오랫동안 날개를 파드닥거리며 이리저리 뱅글뱅글 돌았다. 우리는 그 놀이를 정말 좋아했다.

뛰놀다 지치면, 우리는 짚단을 깔고 앉아서 햇볕을 쬐었다. 뒤뜰에는 우리의 놀이터 외에도, 채소밭과 물이 말라 버린 얕은 우물과 큼직한 창고가 있었다. 울타리 옆으로는 봉선화가 빨갛게 피었고, 채소밭에는 오이며 참외며 호박의 흰 꽃과 노란 꽃이 보기 좋게 피어 있었다. 또 수많은 붉은 열매가 열리는 큰 석류나무도 있었지만, 열매가 너무 시어서 따 먹지는 않았다.

우리 집에는 여러 군데 뜰이 있었다. 뒤뜰은 집 뒤에 있었기 때문에 그렇게 불렀다. 원형으로 지어진 본채에는 방이 여섯 개에 부엌과 마루가 있었고, 여자들이 생활하는 안마당이 딸려 있었다. 그곳에는 화분이 조금 있었고 오리 집과 비둘기장도 있었다. 본채 앞에는 중문이 달린, 낮은 담으로 분리된 두 뜰이 있었다. 그리고 아버지 방으로 들어가는 쪽 오른편에 있는 뜰은 우물이 있다고 해서 우물뜰이라 불렀고, 높은 대문과 손님이 드는 사랑채로 둘러싸인 왼쪽 뜰은 바깥뜰이라고 불렀다. 우리는 이 뒤뜰에서만 놀 수 있었다.

날씨 좋은 어느 날 오후, 수암은 놀이를 그만두고 나를 안뜰로 데리고 가서 한 번도 가 본 적이 없는 어둠침침한 하녀 방으로 끌고 갔다. 나는 수암이 언제나 신나는 일을 궁리하고 있다는 것을 알고 있었으므로 기뻐하며 그를 따라갔다. 거기서 그는 한참 동안 높은 장롱 앞에 서서 그 위에 놓여 있는 번쩍거리는 갈색 단지를 유심히 올려다보았다. 나도 전에 이 단지를 본 적이 있었으나, 그 속에 무엇이 들어 있는지는 몰랐다. 수암은 베개를 여러 개 가져다가 탑처럼 쌓아 올리고 장롱에 기어오르려고 했다. 나는 밑에서 그를 도와주었다. 그런데 베개가 평평하지 않고 둥글어서 수암은 몇 번이고 나동그라졌다. 하지만 그는 포기하지 않았고, 끝내 장롱 위에 올라갔다. 그는 한참 동안 그 위에 가만히 서 있었는데, 그가 입맛을 다시는 듯한 소리가 들렸다. 나는 도대체 거기서 뭘 찾았냐고 물었다. 그는 아무 대답도 하지 않고 계속 입맛만 다셨다. 그러더니 한참 만에야 꿀을 좀 내려 주겠다고 말했다.

그는 오른손을 단지 속에 깊숙이 넣었다가 빼고는, 왼손으로 장롱 모서리를 단단히 잡으면서 조심스럽게 내려왔다. 그러나 결국 위태위태하게 쌓아 놓은 베개가 무너지는 바람에 방바닥에 나동그라지고야 말았다. 수암이 꿀 묻은 손으로 여기저기를 붙잡으면서 허우적거렸기 때문에 먹음직스러운 누런 빛깔의 꿀은 거의 남지 않았다. 그런데도 나는 그의 손을 말끔히 핥으며, 앞으로 어떤 일이 일어날지도 모른 채 마냥 좋아하면서 그 방을 나왔다.

저녁때 우리는 우리가 저지른 죄로 벌을 받아야만 했다. 우리는 벌써 이불 속에 누워 있었다. 수암은 자기 어머니 방에, 나는 우리

어머니 방에 누워 있었다. 그런데 갑자기 누가 우리를 불렀다. 우리는 뭐 맛있는 것을 주려나 하는 기대에 부풀어 큰방으로 들어갔다. 나는 집안 여인들이 못마땅한 표정을 하고 있는 것을 알아차렸다. 구월이는 베개들을 조심스럽게 살펴보면서 혀를 끌끌 찼고, 두 어머니는 우리를 유심히 훑어보았다. 수암은 잔뜩 풀이 죽어 절망적인 눈빛으로 나를 쳐다보며, 베개에 묻은 것이 우리의 비밀을 드러냈다는 것을 알려 주었다.

숙모는 우리더러 장롱에 기어올랐느냐고 물었다. 수암은 입을 꼭 다문 채 아무 대꾸도 하지 않고 우리에게 벌을 주려고 참대 회초리를 든 자기 어머니를 흘겨보았다. 숙모는 우리를 회초리로 때리지 않고 우리의 **뺨**을 좌우로 갈겼다. 나는 너무 아파서 그만 소리를 내고 울어 버렸지만, 수암은 용하게 끽소리도 없이 참고 견디었다. 그는 매를 맞는 게 당연한 일이라는 것을 시인하는 것 같았다. 수암은 울지도 않고 반항도 하지 않은 채 그저 말없이 나를 데리고 밖으로 나갔다.

독약

　매일 아침 수암은 아버지한테서 새로운 한자를 넉 자씩 배웠다. 나는 그 옆에 조용히 앉아서, 그가 아버지한테서 풀려날 때까지 기다렸다. 그는 배우는 것이 퍽 더디었다. 처음에는 한 자 한 자씩 배우고, 나중에는 넉 자를 모두 합해서 뜻과 그 음을 따라 외는 데까지는 상당한 시간이 걸렸다.

　나도 곧 수업을 받기 시작했다.

　어느 날 아침 아버지는 내게 새 책 한 권을 주시면서, "이 책을 열심히 보도록 해라. 이제부터 너도 배워야 한다."라고 말씀하셨다.

　그 책은 누런 표지에 파란 실로 꿰맨, 수암의 책과 똑같은 것이었다. 내가 책장을 펴자 아버지는 첫 줄 네 글자를 가르쳐 주셨다. 매우 엄숙한 기분이 들었다. 나는 온몸이 마비된 사람처럼 멍하니 앉아 있었다. 그러나 수암은 우리가 함께 배우게 되어서, 이젠 자기 혼자 힘들어하지 않아도 된다며 기뻐했다.

　그 후 얼마 있다가 우리는 붓글씨를 배우게 되었는데, 읽는 공부보다 훨씬 즐거웠다. 우리는 각자 벼룻집과 여러 장의 습자지를 받았고, 먹 가는 법부터 배웠다. 벼루의 오목하게 들어간 곳에 물을 아주 조금 따라 붓고, 물이 기름처럼 진해질 때까지 오랫동안 먹을 앞뒤로 갈았다. 먹 냄새는 우리를 취하게 했다.

그 다음, 우리는 큰 붓으로 습자 책에 따라 한 획 한 획 썼다. 습자 연습을 하는 데는 많은 인내심이 필요했다. 우리가 처음 쓴 글자는 하늘 천(天) 자였는데, 이 한 자를 적어도 백 번 이상 썼다. 우리는 청소부가 총채를 쥐듯이 붓을 단단히 잡고, 엷은 종이에다가 위에서 아래까지 하나 가득 차도록 마구 썼다. 손가락이 온통 먹물투성이가 되었다. 그런 손가락을 되는대로 바지에다 쓱쓱 문지르고 나서는 다시 써 내려갔다. 수암은 모든 면에서 나보다 활달했다. 붓글씨에서도 나보다 재치가 있었는데, 그 성질 탓으로 밝은 회색 바지에다 검은 먹물을 몇 배 더 그어 놓았다. 뿐만 아니라 우리의 분홍색 옷소매도 점점 더 검게 물들어 갔다. 우리의 첫 습자 공부가 끝난 후, 집안의 여자들은 모두들 깜짝 놀랐으나 벌을 받지는 않았다. 오히려 아버지는 우리를 감싸 주시기까지 했고, "이게 바로 젊은 서예가의 명예 훈장이니라." 하며 웃으셨다.

가장 골칫거리는 우리의 손이었다. 먹물이 가는 손금에 배어 아무리 씻어도 지워지지 않았다. 사람들은 그런 우리를 보고 먹동이라고 놀려 댔다. 아침마다 우리를 씻겨 주어야 했던 구월이는 혀를 차면서, "까마귀발과 너희들 손 중에서 어느 쪽이 더 검은지 정말 알고 싶다."라고 말했다.

하늘 천 자를 다 익힌 후, 우리는 땅 지(地) 자를 썼다. 그다음에는 우리가 배운 천자문의 순서대로 검을 현(玄) 자와 누를 황(黃) 자를 써 나갔다. 우리는 방에 있는 깨끗한 돗자리를 더럽혀서는 안 되었기 때문에 항상 안채의 마루에서 글을 썼다. 그러나 우리는 별로 신경 쓰지 않았다. 그리고 바로 날 일(日), 달 월(月), 별 성(星), 별 신(辰) 자를 썼다.

공부가 끝나면 바로 아버지 방에서 나가야만 했고, 아버지가 우리를 부르시기 전에는 다시 들어갈 수 없었다. 아버지의 일과 아버지를 자주 방문하는 손님들을 방해해서는 안 되기 때문이었다. 우리에게는 너무나 서운한 일이었다. 왜냐하면 그 방에는 아주 신기한 물건들이 가득했기 때문이다.

그런데 어느 날 오후, 그 방이 때마침 텅 비어 있었다. 나의 부모님과 수암의 어머니는 외출하고 안 계셨다. 그래서 우리는 그 방에 들어가 그곳에서 눈에 띄는 모든 물건들을 마음 놓고 뒤져 보았다. 우리는 방석과 등받이, 책상이며 나무 담뱃갑이랑 돌 담뱃갑을 뒤져 본 다음 벽장문을 열어 보았다. 그 속에는 정말 흥미로운 물건들이 많았다. 족자며, 갓통이며, 북을 치듯 두들기면 소리가 잘 나는 바둑판이 들어 있었다.

벽장 한쪽에는 흑색 나무로 된, 꽤 많은 서랍이 달린 신비하게 생긴 큰 궤가 있었다. 그런데 그 많은 서랍이 억울하게도 모두 잠겨 있었다. 우리가 있는 힘을 다해서 아무리 심하게 당기고 밀고 흔들어도 서랍은 열리지 않았다. 그때 수암이 작은 열쇠 하나를 찾아서, 우리는 그 속에 숨겨진 물건에 손을 댈 수 있었다. 그런데 그 일로 말미암아 큰 불행이 발생하고 말았다.

그 속에 위험한 물건이 들어 있으리라고는 꿈에도 상상치 못했던 우리는 서랍 속을 모조리 뒤졌다. 그 속에는 단단하고 흰 알뿌리와 가느다란 나무줄기, 자그마한 갈색의 캡슐, 그 외에도 다른 물건들이 많이 들어 있었다. 내가 단맛이 나는 가느다란 나무줄기를 씹고 있는 동안, 수암은 연거푸 뒤지면서 검은 환약이며 하얀 알약을 많이 먹었다. 그러고 나서 갑자기 조용해지더니 무슨 일인지 그대로 말없이 주저앉았다.

"미악!"

그는 나에게 뭔가 특별한 말을 할 때처럼 부드러운 목소리로 불렀다. 그는 'ㄹ' 자와 'ㅇ' 자를 제대로 발음할 수 없었기 때문에 내 이름을 그렇게 불렀다.

"미악, 물 좀 갖다줘!"

내가 그에게 물을 한 그릇 떠다 주었더니, 그는 단숨에 다 마셔 버렸다. 그러고 나서 그는 마치 마비된 것처럼 한동안 그대로 앉아 있었다.

"미악, 내 목 좀 들여다봐 줘!"

그는 슬프게 부르짖으면서 입을 크게 벌렸다. 목구멍은 빨개졌고 심하게 부어 있었다. 내가 그 이야기를 하자 그는 눈물을 마구 흘리면서, "으, 죽겠어!" 하고 고통스러운 소리를 냈다.

우리는 모든 걸 그대로 내버려둔 채 안채로 뛰쳐나갔다. 누나들이 달려왔고 구월이를 부리나케 어른들에게로 보냈다. 수암의 목구멍

이 점점 더 부어오르는 것 같았다.

수암은 숨을 제대로 쉬지도 못하고 무척 괴로워했다. 불쌍한 수암! 그가 이처럼 가엾어 보인 적이 없었다. 그는 숨을 간신히 내쉬면서 방바닥에 누워 나를 빤히 바라보았다. 마치 나와 영영 작별을 고하는 것 같은 눈빛이었다.

그때 아버지가 의원을 데리고 달려오셨다. 의원은 나에게 수암이 무엇을 먹었는지 세밀히 묻고 나서 시커먼 탕약 한 대접을 마련했다.

그 시커먼 탕약은 참으로 신통했다. 수암은 다음 날 아침에 회복되었다. 다만 평소보다 좀 조용해졌다. 그는 이 쓴 약을 계속 기꺼이 마셨다. 의원은 이번 일을 계기로 수암의 여러 가지 다른 병을 발견한 것 같았다. 그래서 수암은 그 후 가끔 진찰을 받아야 했고, 또 계속 약을 먹어야만 했다. 자기의 목숨을 구해 준 것이 바로 그 시커먼 탕약이라는 것을 알기에, 그는 의원이 시키는 대로 기꺼이 마셨다.

그러나 약을 훔쳐 먹은 죄에 대한 벌을 호되게 받아야 할 불행한 날이 수암을 기다리고 있었다. 수암은 아직 아파 누워 있었기 때문에 특별한 벌을 받지 않았지만, 나는 내 죗값으로 수차례 꾸지람을 듣고 맞기까지 했다. 그러나 나는 아무렇지도 않았다. 수암이 죽지 않고 살아난 것이 기뻤을 뿐이었다. 그러나 이제 수암에게는 나보다 더 끔찍한 일이 기다리고 있었다.

날씨가 무더운 어느 날 오후, 수암은 아버지의 사랑방에서 자기를 기다리는 의원에게로 끌려갔다. 의원은 수암의 등에 쑥뜸질을 해야 한다고 설명을 늘어놓았다. 그래야만 뜨거운 기운이 피부 속에 스며

들어 병을 고친다는 것이었다. 수암은 모든 설명을 들은 뒤 잠깐 생각하다가, 마침내 의원 앞에 가서 등을 구부렸다.

"너 내 곁에서 떠나지 마, 응?"

수암이 내게 애원했다.

"그래, 안 떠날게!"

나는 그를 안심시켜 주었다.

두 어머니는 수암이 가만히 있도록 그의 두 손을 단단히 잡았다. 의원은 두 개의 녹회색 쑥 뭉치를 뾰족하게 만들어서 수암의 벗은 등에 올려놓고, 그 꼭지에다 불을 붙였다.

"벌써 연기가 난다, 수암아!"

나는 가만히 말했다.

"아프니?"

의원이 수암에게 물었다.

"아뇨!"

수암은 용감하게 대답했다.

그러나 금세 수암은 "아아, 뜨거워진다!" 하고 비명을 질렀다.

"조금만 더 참아라. 쑥 기운이 살 속에 푹 배어들어야 한다."

의원은 타고 있는 쑥 뭉치 주위를 손가락으로 만지작거렸다.

"아이구, 뜨거워!"

수암은 고통스러워하며 소리쳤다.

"미악아! 등에 있는 것 좀 치워 버려!"

"조금만 더 참아라!"

두 어머니는 나를 뒤로 밀쳐 내면서 말씀하셨다.

"미악아, 빨리 좀 치워 줘!"

그는 다급하게 다시 한번 소리를 질렀다.

"으윽, 내 살 다 타겠다."

"나는 할 수 없어, 수암아."

"빨리 떼라, 미악아, 빨리! 미악……. 아이구, 미악아!"

이 가슴 아픈 광경은 결국 수암의 심한 욕지거리로 끝났다.

"야, 이 망할 인간아!"

수암은 고래고래 고함쳤다.

이런 온갖 어려움 속에서도 우리는 쉬지 않고 한문책을 익혔다. 그 책의 표지에는 '천자문'이라고 쓰여 있었다.

꼭 천 자가 적혀 있는 이 책 속에는 한 줄에 넉 자씩 서로 운을 맺고 있었다. 이 책은 본래의 제목 외에도 부제로 '백수문'이라고 쓰여 있었다. 아버지는 우리가 이 책을 끝까지 다 배우고 난 뒤에야, 이 책에 대해서 설명해 주셨다.

이 책의 저자는 죄수였는데, 그는 젊은 나이에 중국 황제로부터 사형 선고를 받았다. 그러나 그가 위대한 시인이었기 때문에 그를 아끼던 모든 백성들이 그를 살려 달라고 간청했다. 그래서 황제는 그에게 매우 어려운 과제를 내 주면서, 이걸 풀기만 하면 살려 주겠노라고 했다. 그 어려운 과제는 아무렇게나 모아 놓은 천 개의 글자를 가지고 하룻밤 사이에 훌륭한 시를 짓는 일이었다. 사형을 선고받은 그 젊은 시인은 성공적으로 과제를 풀었다. 그런데 다음 날 아침 그가 시를 가지고 황제 앞에 나타났을 때, 아무도 그를 알아보지 못했다. 자신의 목숨이 걸린 그 하룻밤 사이에 그는 과제에 매달려 백발 노인으로 변해 버렸던 것이다. 그러나 그 시가 너무나 훌륭했기 때문에, 황제는 그를 위대한 시인으로 인정하고 그의 생명을 구해 주었다.

우리는 아버지 앞에 조용히 앉아서 이야기를 아주 감동 깊게 들었다. 그가 어떤 범죄를 저질렀는지에 대해서는 알지 못했지만, 죽음과의 투쟁에서 그의 머리카락이 완전히 하얗게 변해 버렸다는 사실은 우리를 매우 슬프게 했다.

아버지는 우리를 위해서 훈장님 한 분을 모셔다가 바깥채에 서당을 차리셨다. 아버지와 친한 집안의 아이들까지 이 서당에 다니게 되면서 우리의 생활에는 큰 변화가 생겼다. 우리는 이때부터 매일 아침 낯선 훈장님한테 가서 읽기와 쓰기를 배웠다. 우리는 이 새로운 생활이 마음에 들지 않았다. 왜냐하면 저녁때까지 가만히 앉아 꼼짝도 못 하고 글을 배워야만 했기 때문이었다. 그러나 쉬는 시간이 되어 다른 아이들과 어울려 노는 일은 매우 재미있었다. 그 아이들은 우리에게 새로운 놀이를 많이 가르쳐 주었다.

남자아이들 사이에서 가장 인기 있었던 놀이는 '제기차기'였다. 제기는 배드민턴공과 비슷하게 생겼다. 우리는 구멍이 뚫린 엽전과 종이로 제기를 만들었다. 그것을 한쪽 발로 높이 차올리고, 땅에 떨어지기 전에 다시 다른 발로 높이 차올렸다. 이렇게 해서 떨어뜨리지 않고 가장 많이 찰 수 있는 아이가 이겼다. 우리는 승리자가 되려고 이 놀이를 했으나, 어떤 아이들은 진 사람을 비웃고 놀려 대거나, 팔목을 두 손가락으로 몇 대씩 때리는 재미로 하였다. 또 한 줌의 볶은 콩이나 밤을 걸고 하는 아이들도 있었다. 수암은 제기차기를 아주 열정적으로 했다. 가끔 흥분했을 때에는 아이들과 싸우기도 했고, 막판에 가서는 주먹질에 발길질까지 오가곤 했다.

첫 번째 벌

    수암은 큰 사랑방 옆에 붙은 작은방에 앉아서 열심히 작업을 하고 있었다. 그는 기다란 대나무를 가늘게 쪼개어서, 날이 새파랗게 선 칼로 미끈하게 될 때까지 다듬었다. 그러고 나서 붓글씨 연습용으로 받은 큰 종이에다 동그란 구멍을 내고 먹으로 나비를 그렸다.
    그 가느다란 대나무 살과 종이에다 풀칠을 하고 팽팽하게 붙여서 말리면 종이 연이 되었다. 우리는 집 앞의 성벽을 타고 다른 아이들이 연을 띄우는 것을 자주 보았고, 우리도 그런 연을 한 번 가져 봤으면 했다. 그러나 슬프게도 부모님은 우리의 소원을 들어주시지 않았다. 다른 아이들이 갖고 있는 연을 잘 살펴본 수암은 스스로 연을 만들었다. 나는 수암의 솜씨에 놀라면서, 그가 종이에 풀칠을 하고 말리는 것을 도와주었다. 그리고 마음속으로 우리의 연이 곧 하늘 높이 날기를 빌었다.
    다음 날 우리는 뒤뜰에서 몰래 첫 실험을 했다. 그러나 연은 올라가기는커녕 땅바닥으로 계속 처박히기만 했다. 수암이 실 끝을 쥐고

연과 반대 방향으로 달려가는 동안, 나는 연이 있는 데로 수차례 달려가서 연을 공중으로 높이 던져 올렸다.

그러나 안타깝게도 연은 띄워지지 않고 땅에 처박히기만 했다. 실망에 가득 찬 수암은 아까보다 더 가는 참대 살과 더 얇은 종이로 새 연을 만들었다. 그러나 수암은 운이 없었다. 수암은 연을 만들고 또 만들었다. 종이는 얼마든지 있었다. 매일 습자용으로 석 장씩 받아서 두 장은 붓글씨 쓰는 데 쓰고 나머지 한 장은 연을 만드는 데 썼다. 그런데다가 작은방에는 좋은 종이가 여러 뭉치 있었다. 수암은 가끔 이 뭉치에서도 꺼내 썼던 것이다. 저녁에는 이 방에 아무도 오지 않았기 때문에 그는 자유롭게 작업을 할 수 있었다. 나는 지치기도 했고, 조금 실망도 되어 내 방으로 돌아왔다.

나는 자리에 누워 병풍 그림을 보는 걸 좋아했다. 병풍은 여덟 폭 짜리였다. 산과 바위, 꽃과 시냇물, 다리, 그리고 기러기가 날아가는 해변이 그려져 있었다. 그림은 은은한 촛불 빛을 받아 아름답게 빛났다. 그중 소를 타고 피리를 부는 목동 그림이 내 마음을 끌었다. 그는 높다란 수양버들 옆을 지나 멀리 언덕 위에 보일락말락 아슴푸레하게 숨겨져 있는 자기 집으로 돌아가는 것 같았다. 나는 햇빛이 드리운 오솔길과 그 길을 어슬렁어슬렁 걸어가는 소가 좋았고, 마치 피리 소리가 귓전을 스치는 듯해서 저절로 흐뭇했고 끝없는 평화를 느꼈다.

내가 이렇게 혼자 누워 있을 때면, 가장 어린 셋째 누나가 자주 찾아오곤 했다. 그 누나는 나보다 두 살 더 많았고, '셋째'라고 불렸다. 그녀는 성격이 좀 특이했다. 저녁때면 뒤뜰에 모여 앉아 재잘거리고, 온갖 장난을 즐기는 다른 누나들이나 사촌 누이들과 어울리는 것을 꺼렸다. 그 대신 나한테 자주 찾아와서 옛날이야기를 해 주곤 했다. 셋째 누나는 별과 해와 달은 물론이고, 제비와 호랑이, 가난한 농사꾼과 나무꾼들에 관한 우화나 동화를 많이 알고 있었다.

누나가 들려준 이야기 중에 이런 것이 있었다.

가난한 나무꾼이 깊은 산에 나무를 하러 갔다. 그런데 갑자기 산언저리에서 개암 열매 하나가 굴러 내려왔다.

"이것은 어머니께 드려야지."

이렇게 중얼거리며 나무꾼은 개암을 주머니에 넣었다. 그러자 개암이 계속해서 굴러 내려왔다. 주머니에 개암이 금세 가득 찼다. 그런데 그가 집에 돌아왔을 때, 주머니 속의 개암이 눈부신 황금이 되어 있었다는 이야기였다.

또 다른 동화는, 어느 가난한 어부가 큰 강에서 고기를 잡고 있었다. 그는 온종일 고기를 한 마리도 잡지 못해 빈손으로 돌아갈 일을 걱정하고 있었다. 그는 저녁때가 다 되어서야 비늘이 은처럼 반짝거리는 잉어 한 마리를 겨우 잡았다. 그러나 고기를 바구니에 담으려고 할 때, 잉어가 슬프게 우는 것을 보았다. 어부는 불쌍한 생각이 들어 그 잉어를 다시 물속에 놓아주었다. 이튿날 아침, 그는 남해 용왕의 영접을 받았다. 그는 용왕의 외아들인 그 잉어를 살려 보낸 보답으로 모든 소원을 들어주는 요술 상자를 선물 받았다. 이 요술 상자에서는 어부가 원하는 모든 것이 쏟아져 나왔다고 했다.

다른 누나들처럼 셋째 누나도 주로 남자아이들이 공부하는 우리 서당에는 다니지 않았다. 여자아이들은 그저 어머니나 할머니한테서 집안일을 배웠다. 그러나 셋째 누나는 집안일을 배우기엔 너무 어렸다. 그 누나는 바느질도 뜨개질도 음식 만드는 것도 배우지 않고, 종일 소꿉장난을 하거나 조잘대는 것으로 나날을 보냈다. 가끔 나는 셋째 누나가 마당에 앉아서 봉선화 잎을 짓이겨 새끼손가락에 동여매는 것을 보았다. 이렇게 했다가 떼어 내면 손톱이 빨갛게 물들었는데, 누나는 그게 예뻐 보인다고 했다. 그런가 하면, 나는 이따금 누나가 방 안에 앉아 두꺼운 책을 읽는 것도 보았다. 누나는 이야기책과 연애 소설을 즐겨 읽었다.

누나가 읽는 책은 어려운 한자로 쓰인 책이 아니고, 약 스무 자가 량으로 이루어진 알기 쉬운 한글로 쓰인 것이었다. 한글에서 낱낱의 글자는 '하늘', '땅', '해'와 같은 단어가 아니고, '아', '오', '에', '가', '나'처럼 낱글자라고 셋째 누나가 나에게 하나하나 설명해 주었다. 누나는 아주 일찍부터 유모에게서 한글을 배웠기 때문에, 한글로 쓰여 있는 소설을 읽을 수가 있었다. 대부분 학교를 다니지 않았던 다른 여자들도 그런 소설을 읽곤 했다.

셋째 누나는 내게 뭐든지 가르쳐 주는 것을 좋아했다. 누나는 내게 셈과 기념일과 생일, 그리고 다른 중요한 날들을 일러 주었다. 누나가 옛날이야기를 해 주지 않고 팔짱을 낀 채 내 옆에 조용히 누워 있을 때에는, 나는 그녀가 무슨 질문을 하려 한다는 것을 눈치챘다.

"사방을 뭐라고 하니?"

누나가 물었다.

"동, 서, 남, 북."이라고 나는 대답했다.

"색깔에는 어떤 것이 있지?"

"푸른색, 노란색, 빨간색, 흰색, 검은색."

"계절의 순서는?"

"봄, 여름, 가을, 겨울."

"그러면 봄은 우리에게 어떤 아름다움을 가져다주지?"

누나는 계속해서 물었다. 누나는 사철의 아름다움을 표현하는 많은 문장을 가르쳐 주었으며, 나는 그것을 되풀이해서 외어야만 했다.

"산에는 꽃이 피고, 계곡에서는 뻐꾹새가 노래 부른다."

"그래, 맞았어! 그럼 여름은 어떤 아름다움을 주지?"

"들에는 가랑비가 보슬보슬 내리고, 담장엔 푸른 버들잎이 무성하다."

"가을에는 무엇이 아름답지?"

"들에는 시원한 바람이 속삭이고, 낙엽이 뒹굴고, 달은 고독한 뜰을 비춘다."

"참 잘했어. 그러면 겨울은?"

"언덕과 산에 흰 눈이 덮이고, 길에는 나그네가 다니지도 않는다."

"넌 역시 똑똑해!"

누나는 나를 칭찬해 주었다.

어느 날 저녁, 나는 수암이 뭘 하고 있나 보려고 그 비밀 골방으로 다시 가 보았다. 그동안 그는 작은 연을 많이 날려 보았다. 이제 그는 아주 큰 연을 만들려고 하였다. 그는 나에게 둥근 구멍 아래 검은색 큰 나비 두 마리를 그려 달라고 했다. 그동안 그는 참대 살을 깎았다. 풀이 끓어올랐고, 인두는 화롯불 속에 꽂혀 있었다. 우리가 막 참대 살을 종이에 붙이려고 할 때, 갑자기 문이 활짝 열리더니 아버지가 나타나셨다. 우리는 소스라치게 놀랐다. 수암은 서둘렀지만 연을 숨길 수는 없었다. 아버지는 이미 우리가 한 짓을 모두 보셨다.

아버지는 우리와 연과 종이 뭉치를 놀란 눈으로 한참 동안 바라보시다가, 소리를 버럭 지르셨다.

"당장 이리 나와!"

우리는 정성껏 만들어서 애지중지 아끼던 연을 방에 그대로 둔 채 소리 없이 밖으로 나왔다.
"얘는 그저 내가 만드는 것을 보고만 있었어요."
수암은 내가 벌을 받지 않도록 더듬거리며 변명해 주었다.
이튿날 아침에 우리는 벌을 받았다. 연을 만든 것은 나쁜 일이 아니지만, 습자를 하기 위해서 받은 종이를 함부로 쓴 것과, 값비싼 종이 뭉치를 마음대로 풀어 쓴 것은 나쁜 짓이라고 하셨다.
우리는 바지를 높이 걷어 올리고 종아리를 맞아야 했다. 훈장님은 손가락만 한 회초리를 여러 개 가지고 있었으나, 지금까지 그것을 사용한 적은 한 번도 없었다. 이제 우리 둘이 평화로운 이 서당에서 경고의 첫 본보기가 된 것이다. 우리 두 말썽꾸러기가 방 한가운데에 앉아 있는 동안, 다른 아이들은 우리가 벌 받는 모습을 구경하기 위하여 벽에 둘러서 있었다. 그 분위기는 아주 엄숙했다. 머리에 관을 쓴 훈장님은 다시 한번 우리의 잘못을 낱낱이 설명하신 후, 매를 손에 들고 단단한가 어떤가를 살펴보셨다. 얼마나 무서운 순간이었던지! 훈장님은 수암을 쳐다보시며 종아리를 걷어 올리라고 말씀하셨다. 수암은 불만스러운 눈빛으로 매를 쳐다보며 꼼짝도 하지 않고 앉아 있었다.

"제 발로 오지 못할까?"

훈장님이 수암에게 소리를 지르셨다. 수암은 한숨을 내쉬면서 훈장님 앞에 나가서 바짓가랑이를 걷어 올렸다. 훈장님은 쏜살같이 종아리 세 대를 연거푸 때리셨고, 급기야 수암은 울음을 터뜨리고 말았다. 그러면서도 그는 내게는 아무런 잘못이 없으며, 자기가 연을 만드는 것을 옆에서 구경만 하고 있었다고 설명했다. 그렇지만 나도 종아리 세 대를 맞았다. 무척 아팠다. 그러나 그까짓 것은 아무것도 아니었다. 아픈 것쯤은 견딜 수 있었으나, 우리를 몹시도 동정하며 보고 있는 아이들 앞에서 매를 맞는다는 수치스러움이 더 고통스러웠다.

남문에서

거의 모든 서당 아이들이 우리 둘보다 나이가 많았기 때문에 공부에서도 그들이 우리보다 앞섰다. 심지어 그들 가운데 몇몇은 벌써 『당시선』을 읽었고, 운율을 연습하고 있어서 다른 아이들이 부러워하였다. 그 책에는 언제나 꽃과 비, 달빛과 술잔의 시정이 흥건히 배어 있었다. 그러나 대부분의 다른 애들은 열다섯 권으로 된 『통감』이란 큼직한 역사책을 읽었다. 그 책은 흥미진진했다. 국가가 서로 싸우고 왕조가 몰락하고 다른 한 왕조가 다시 세력을 잡는 내용들이었다. 수암과 나는 다른 아이들과 함께 아직도 『삼강오륜』과 짧게 간추려진 한국 역사책을 읽고 있었다. 우리도 마침내 이 책을 다 떼고 큰 역사책의 첫 권을 손에 들었을 때, 그 기쁨이란 말로 표현할 수 없을 정도로 컸다.

아침마다 서당에 훈장님이 오시면 우리는 모두 공손하게 큰절을 해야 했다. 그러고 나서 전날 배운 것에 대한 시험을 봤다. 시험을 잘 본 아이는 새 과제를 받았고, 그렇지 못한 아이는 어제 것을 다시 공부해야 했다. 시험이 끝나면 아이들은 저마다 벼루를 꺼내어 먹을 갈았고, 훈장님으로부터 새 습자 교본을 받아 글씨 연습을 했다. 그리고 짧은 쉬는 시간이 끝나면 그날 배울 것을 읽었다. 큰 소리로 저마다 다른 곳을 읽었기 때문에, 서당 안은 마치 벌집처럼 시끄럽고 와글댔다. 오후에는 오전보다 쉬는 시간이 더 많았다.

여름이면 우리는 가끔 멱을 감으러 냇가로 몰려갔다. 우리 고향에 있는 수양산 골짜기에는 맑은 물이 흐르는 시내가 많아서 마음대로 뛰어놀 수 있었고, 물장구를 칠 수가 있었다. 냇가로 가는 길은 무척 아름다웠다. 우리는 마을을 벗어나, 넓고 깊은 연못에 이르기까지 좌우에 수많은 석상들이 서 있는 그늘진 길을 걸었다. 우리는 연

못가에서 옷을 훨훨 벗어 던지고, 시원한 물속에 머리를 박고 거꾸로 뛰어들었다. 더위가 가시고 시원해질 때까지 이 연못에서 풍덩거리며 놀았다. 그러고는 다시금 이 아름다운 길을 따라 마을로 돌아오곤 했다. 숲속 나뭇가지에서는 매미들이 서로 내기라도 하듯이 한참 울어 대고 있었다.

  어머니와 숙모는 저녁을 먹고 나서, 우리가 잠시 남문까지 산책 가는 것을 허락해 주셨다. 우리는 정말 신나게 돌아다녔다. 저녁놀에 비친 삼 층 석탑은 더할 수 없이 장엄해 보였다. 우리는 성벽과 집들 사이에 난 골목길을 지나서, 수없이 많은 돌계단을 밟고 올라가 성문 앞 광장에 모여 함께 놀았다. 그곳에는 이미 이웃 동네 아이들이

와서 놀고 있었다. 어떤 애들은 오래된 동전을 땅바닥에 던져서는 그것을 납작한 돌멩이로 맞추는 놀이를 했고, 어떤 아이들은 제기를 찼다. 또 다른 아이들은 더 이상 뜀박질을 할 수 없을 때까지 한 발로 일정한 거리를 왔다 갔다 하는 외발뛰기 놀이를 했다. 그들은 쓸데없는 말을 지껄이고 괜히 잡담을 늘어놓고, 그러다가는 서로 다투기도 하고 심지어는 맞잡고 싸우기까지 했다. 그러나 삼문 위에서 음악이 울려 퍼지기 시작하면 우리는 모두 곧 조용해졌다. 이 문은 꽤 멀리 떨어진 시 한가운데 있는 관아 앞에 있었다. 고요한 저녁때면 마치 천국에서 흘러나오는 것 같은 황홀하고 맑은 음악이 남문까지 울렸고, 우리의 마음을 어둠 속에서 아늑히 잦아들게 해 주었다. 그것은 이곳 고을 원님의 저녁 인사였다. 날이 저물고 밤이 깃들기 시작하면, 이 고을 사람들은 걱정 없이 잠자리에 들 수 있었다. 마을에 평화가 찾아왔다.

　밤의 고요가 밀려왔다. 집집마다 저녁연기가 피어오르고, 회색 지붕들은 서서히 여름밤 안개 속으로 잠겨 갔다. 제일 높은 산봉우리만이 여전히 푸른 하늘 속에서 마지막 햇살을 받고 있었다. 그러면 내 마음은 나도 모르게 슬퍼지곤 했다. 그것은 아마도 낮이 지나 신비스러운 밤에 둘러싸이는 데서 오는 적막한 느낌이리라.

　우리가 이렇게 골몰해서 앉아 있는데, 한 덩치 큰 사람이 천천히 돌계단을 밟고 올라와서는 탑 내부로 들어갔다. 그리고 종루의 문을 열고 무거운 망치를 꺼내 들었다. 그는 한참 동안 멍하니 서서는 들려오는 음악에 귀를 기울이고 있었다. 그 음악이 멈추자마자, 그는 망치를 높이 치켜들고 큰 종을 치기 시작했다. 종소리는 진동하며 산에까지 울려 퍼졌다. 우리는 이 종루지기 주위에 모여 서서 그가 종을 몇 번이나 치는지 손가락으로 헤아려 보았다. 처음에 오른손의 엄지손가락에서 새끼손가락까지 꼽았다가는, 다시 반대쪽으로 폈다. 그러면 열이 되었다. 그리고 다시 열까지 세기 위해 왼손의 엄지를 재빨리 굽혔다. 저녁마다 종은 스물여덟 번 울렸다. 왜냐하면 저녁 종소리가 스물여덟 명의 운명의 신에게 지배되는 이 땅의 평화를 상징하기 때문이었다.

그는 다시 망치를 종루에 넣고는 조심스럽게 문을 잠그고 넓은 앞마당에 서서 짧은 담뱃대에 담배를 그득히 다져 넣었다. 그의 얼굴은 힘들여 종을 치느라고 벌겋게 상기되었으며 땀까지 뻘뻘 흘리고 있었다.

그는 움직이지도 않은 채, 평화의 상징으로 저녁마다 불을 피워 올리는 봉화산의 봉우리를 바라보았다. 그 봉화는 다시금 다음 산에서 받아서는 또 다음 산으로, 밤 동안 산봉우리를 타고 우리나라의 왕도인 서울까지 전달되었다. 우리는 이 전설적인 도시인 서울이 어디에 있는지 몰랐다. 봉화산 마루의 봉화는 희미한 불빛을 천천히 발하더니, 밤이 어두워지면서 곧 활활 타올랐다.

종지기는 만족하여 다시 계단을 밟고 내려갔다. 그는 우리를 보면 항상 작은 밤귀신이 돌멩이를 던지기 전에 집으로 돌아가라고 일러 주었다. 우리는 그의 말을 따랐다.

우리는 미끄럼을 탔다. 많은 아이들의 미끄럼질로 돌은 깨끗하고 반들반들 닦여 있었기 때문에, 더러운 우리의 바지가 더 이상 더러워질 걱정은 없었다.

우리는 문각으로 달려가서 남문이 정말 잘 닫혔는지, 엿장수들이 전을 벌였는지 살펴보았다. 넓은 판 위에는 군침이 도는 엿사탕과 가락엿, 조각엿 등이 그 크기와 맛의 종류별로 잘 진열되어 있었다. 그 옆에는 자그마한 초롱불과 엿을 자르는 가위가 놓여 있었다. 엿장수는 이따금 처량한 곡조로 엿에 넣은 여러 가지 향료를 자랑하면서 박자에 맞추어 가위를 짤그랑거렸다.

우리는 어두워지는 길을 따라 흥겹게 집으로 돌아왔다. 우리는 귀신을 무서워하지 않았다. 벌써 여러 집 문에서는 불빛이 새어 나왔고, 저녁의 아름다운 음향이 우리의 마음을 편안하게 해 주었다.

내가 뒤뜰에 가서 여자아이들의 놀이를 구경하고 있는 동안, 수암은 여기저기 몰래 돌아다니다가 아주 늦게 돌아왔다. 우리 마을의 남자아이들은 어느 골목에 모여서 낯선 동네의 아이들을 적으로 몰아서 마구 두들기며 싸웠다. 아이들은 대개 주먹으로 싸웠지만 이따금 다른 물건이나 돌멩이를 가지고 싸우기도 했다. 저녁이 서늘해지면 서늘해질수록 그리고 달이 밝으면 밝을수록 이런 아이들의 패싸움은 심해지기만 했다. 이러한 때에 수암의 윗옷은 말이 아니게 흉해 보였다.

칠성이

아버지는 친척 관계에 있어서 그다지 다복스럽지 못한 것 같았다. 삼촌이 일찍 돌아가셨기 때문에, 과부가 된 숙모와 세 아이를 아버지가 보살피셨다. 그런데다가 아버지의 누이도 남편을 잃어서 상복기를 마치자마자 외아들을 데리고 우리 집으로 오셨다. 그 아이는 열 살쯤 되어 보였고, 우리 셋 중에서 제일 나이가 많았다. 그리고 볼이 발그스름하고 또래의 다른 아이들처럼 야위고 예쁘장했다. 굳이 흠잡을 데가 있다면, 입술이 너무 두툼하고 딱딱하다는 것이었다. 입술이 그렇게 된 것은 그가 몹시 심한 병을 앓고 나서부터라고 했다. 그의 눈빛은 생기가 있었고 귀는 복스럽게 둥그스름했다. 그는 얼굴빛이 부드러웠고 볼도 발그스름해서 사내 옷을 입지만 않았더라면 틀림없이 여자아이라고 착각할 정도였다. 그런데 무엇보다도 나를 놀라게 한 것은 말할 수 없이 깨끗한 그의 손이었다. 내 손을 볼 때마다 그와 나 사이에 엄청난 차이가 있다는 것을 느꼈다.

어느 날 저녁 우리가 뜰에서 제기를 차고 있을 때, 별안간 그가 우리 앞에 나타났다. 그는 가까이 와서 우리에게 누가 수암이고, 누가 미륵이냐고 물었다.

우리는 앞에 선 아이가 누구인지 금세 알았다. 앞으로 우리와 함께 놀게 될 고종사촌 '칠성'이었다. 나는 그가 무척 예뻐 보여서 마음에 들었고, 그래서 그에게 같이 놀자고 했다. 그러나 수암은 별로 달가워하는 기색이 아니었다. 그는 우물에 기대어 서 있을 뿐 중단한 놀이를 다시 하려고 하지 않았다.

"여기서 놀기엔 너무 추운데."

수암은 상냥하고 가냘프게 생긴 새 친구를 꺼리는 눈빛으로 바라보았다.

우리가 다시 제기를 차고 있는 동안, 칠성이는 주머니에서 단소를 꺼내어 불기 시작했다. 그는 두툼한 입술로 처음에는 발랄하고 빠른 곡조로 시작해서, 나중에는 즐거웠던 지난날을 회상케 하는 느리고 구슬픈 곡을 불었다. 나는 황홀한 느낌에 빠졌다. 수암 역시 손과 발로 신나게 장단을 맞추었다. 나는 춤을 추었다. 칠성이의 단소 소리는 점점 더 신이 나고 흥겨워져 갔다. 그는 단소를 계속 불었다. 우리는 신나게 춤을 추느라 아버지와 칠성이의 할아버지가 아버지의 사랑채로 통하는 계단에 서서 우리를 바라보며 웃고 계셨다는 것도 알아차리지 못했다.

아버지는 내가 춤추는 것을 아직 한 번도 보신 적이 없었다. 내 기억으로는, 할머니가 우리에게 밤마다 춤을 가르쳐 주시던 때에도 한 번도 들어와 보신 적이 없었다. 두 누나는 작은북으로 장단을 맞추

며 애들이 부르는 노래를 불렀고, 우리는 아무렇게나 손발을 흔들며 춤을 추었다. 누나들이 우리 앞에서 이렇게 아름답고 은은한 노래를 부른 적은 한 번도 없었다.

그것은 이른바 '탈춤'에서 따온 곡이었다. 탈춤은 이 고을에서 해마다 공연되는 가장 인기 있는 무언극이었다. 몇 년 전 어느 화창한 봄날, 구월이는 탈춤을 구경하기 위해 나와 수암을 데리고 마을에 갔었다. 그때 우리는 삼십 명의 탈을 쓴 광대들이 음악에 따라 시가를 누비며 북문 앞의 노천 무대로 행진해 가는 대열 속에 끼어 있었다. 사람들이 무대를 둘러싸고 높은 나무 밑 그늘과 성벽, 문루에 가득했다.

처음에는 절을 버리고 마을로 내려온 승려가 등장했다. 예쁜 여자를 사랑하게 된 그는 기쁨에 넘쳐 춤을 추었다. 다음에는 수많은 방울이 달린 관목을 들고, 몸을 놀릴 때마다 방울 소리를 내는 우스꽝스러운 바보 광대가 등장했다. 광대는 승려의 구애를 계속 방해하다가 끝내는 아름다운 여인을 유괴하고야 말았다. 이 불쌍하고 늙은 승려는 다시 산속에 있는 절간으로 되돌아가야만 했다. 이 승려의 작별 춤은 동작이 화려하면서도 매우 슬펐다. 이 춤이 그날 공연된 광대놀이의 끝이었다.

이 마지막 춤은 석양 무렵에 시작해서 어둑어둑해질 때까지 계속되었고 내 마음을 완전히 사로잡았다. 늙은 승려는 우울한 곡조에 맞추어 기다란 소매를 앞뒤로 흔들며 지친 다리를 천천히 움직이고 등을 굽혔다 폈다 하면서 공중에 애틋한 마음을 표현하는 원을 그렸다. 그 모든 광경은 나의 가슴과 머릿속 깊이 새겨져, 나는 나중에 그 춤을 따라 할 수 있었다.

아버지는 우리 셋이 첫날 저녁부터 모두 화목하게 지내는 것을 보고 기뻐하셨다.

실제로 우리는 가을과 겨울 동안 아주 잘 지냈다. 칠성이가 우리에게 새로운 놀이를 많이 가르쳐 주어서 아주 즐거웠다. 우리는 서당이 끝나면 얼어붙은 강으로 달려가서 어두워질 때까지 팽이를 쳤다. 집에서는 팽이며, 참대 피리, 대나무 자, 담뱃갑과 재떨이, 온갖 장난감 등을 만들었다.

우리 고장에서 일 년 중 가장 큰 명절인 설날이 되었다. 한밤중에 조상의 신주 앞에 제사를 드리고, 어린애들은 안방으로 불려 가 맛있는 음식과 과일을 맘껏 먹으며 놀고 싶은 만큼 놀았다. 다음 날 아침, 우리는 설빔을 입고 친척 집과 친한 이웃집에 세배를 드리러 다녔다. 날씨는 무척 추웠다. 길바닥은 꽁꽁 얼어붙어 매우 미끄러웠고, 살을 에는 듯한 매서운 바람이 마구 휘몰아쳤다. 하지만 우리는 신이 나서 집집마다 돌아다니면서 절을 하고, 미리 연습해 둔 새해 인사말을 올렸다. 어디에 가나 어른들은 우리를 따뜻하게 맞아 주었고 맛있는 음식과 과일을 대접해 주었다. 친절하고 다정한 인사말을 듣고 맛있는 것을 대접받는 명절은 너무나 행복했다.

우리 집에서도 할머니를 비롯하여 구월이에 이르기까지 온 식구가 좋은 옷을 입고, 누구 하나 찌푸리지 않고 하루 종일 웃는 얼굴을 하였다. 그리고 모두가 좋은 말만 하였다. 우리 집에서 마름으로 있으며, 항상 나를 쓸모없는 녀석이라고 놀려 대던 성질 사나운 순옥이 아저씨까지도 이날은 다정하게, 언젠가는 나도 훌륭한 사람이 될 거라고 말해 주었다. 모두들 덕담을 하며 선물을 주었다. 우리는 잠자리에 들어서도 — 수암과 나는 일 년 전부터 한방에서 잤다 — 앞으로 보름 동안 방학을 한다는 생각에 마음이 걷잡을 수 없이 부풀어 올랐다.

"얼마나 좋은 세상인가!"

나는 혼잣말로 중얼거렸다. 그러나 수암은 벌써 코를 골며 자고 있었다.

아이들이 세배를 마친 후, 어른들도 세배를 하러 다녔다. 처녀와

부인들, 청년과 노인들, 수많은 이웃들이 우리 집에 찾아왔고, 집안은 기쁨과 웃음으로 가득했다. 명절은 이렇게 하루하루 계속되었다.

내가 세월 가는 줄 모르고 명절 기분에 잠겨 있는 동안, 수암은 저녁에 몰래 집에서 나가 밤늦게야 돌아왔다. 그를 가만히 두지 않는 건달패들과의 싸움이 새해부터 시작된 것이었다. 그의 새 옷은 온통 흙 발자국과 코피투성이였다. 그는 아무도 몰래 그것을 지웠다. 그러나 한번은 실컷 두들겨 맞고 돌아왔다. 양쪽 소매는 절반쯤 찢겨 있었고, 머리에는 여러 군데 혹이 나고 멍까지 들어 있었다. 그는 놈들에게 에워싸여 아주 호되게 두들겨 맞고 있었는데, 친구가 와서 구출해 줬다고 했다. 이 일로 그의 투쟁욕은 좀 수그러든 것 같았다.

저녁마다 싸움은 점점 더 거칠어졌고, 며칠 후에는 싸움의 결판이 날 터인데, 그는 아무 말 없이 집 안에 처박혀 있었다. 그 대신에

집에서 우리끼리 싸우기 시작했다. 이 싸움은 다른 사람도 아닌 아버지가 일으키신 싸움이었다.

　어느 날 저녁이었다. 손님이 없을 때 아버지는 우리를 불러 이상한 놀이를 가르쳐 주셨다. 딱딱한 종이에 제일 높은 관리에서부터 제일 낮은 관리에 이르는 직위 이름이 적혀 있었다. 가장 낮은 단계에서 시작하여 판서 자리에 먼저 오르는 사람이 이기는 놀이였다. 아버지는 책을 들고 아무 데나 마음대로 펼쳤다. 그때 나오는 면의 첫 글자를 운으로 하여, 우리 중의 누군가 그 글자로 끝나는 고전 시를 낭송해야 했다. 이렇게 시를 외울 수 있는 사람은 한 등급 한 등급 올라갈 수 있었다.

　칠성이가 뽑은 첫 글자는 임금 군(君) 자였다. 그는 이 글자로 끝나는 시를 하나도 알지 못해 오랫동안 침묵을 지키고 있었다. 다음은 수암의 차례였다. 수암에게 걸린 글자는 봄 춘(春) 자였다. 봄 춘 자는 아주 보편적인 운자였으므로 우리는 수암의 행운을 부러워했다. 그는 잠시 더듬거리다가, "길을 따라 봄이 찾아든다."라고 말했다.

　"잘했다!"

　아버지는 수암을 칭찬해 주시고, 문관의 지위에 올려 주셨다. 이것은 수암이 해낸 가장 큰 업적이었지만, 불행히도 그게 처음이자 마지막이었다. 그는 그런 운수 좋은 운자를 다시는 뽑지 못했기 때문에, 더 이상 진급할 수가 없었다. 그는 여태까지 시집 한 권을 겨우 읽었을 뿐인데, 그것마저 완전히 기억하지 못했던 것이었다. 칠성이와 나의 진급도 곧 멎어 버렸다. 칠성이는 세 번 진급했고, 나는 네 번 진급하고 나서 그냥 머물러 있었기 때문에 아무도 이기지 못했다.

며칠 후에 우리는 이 놀이를 다시 계속했다. 그러나 이번에는 외우기가 아니고 주사위 굴리기였다. 칠성이는 주사위 놀이가 훨씬 간단하고 쉬운 놀이란 걸 알았다. 우리는 모두가 벼슬아치가 되었고 계속해서 진급했다. 놀이는 삼십 분 만에 끝이 났다. 내기마다 동전을 걸고 했다. 아버지는 이런 방법의 놀이에 찬성하지 않으셨지만, 나중에는 각 관리의 지위와 권력이며, 실제로 어떻게 그런 지위를 얻을 수 있는가에 관한 재미있는 설명까지 해 주셨다.

수암은 우리 도의 목사(고려 및 조선 시대의 정삼품 외직 문관)의 직위에 관심을 쏟았다. 작년에 이 목사의 취임식을 구경한 적이 있었다. 위풍당당한 목사는 십여 리 밖에서부터 부하들의 환영을 받았다. 그는 앞으로 자신이 관리할 지역에 들어와서 첫 식사를 한 후, 우리 고을의 말을 타고 안으로 들어갔다. 우리는 구월이와 함께 집 앞에 늘어선 군중들 틈에 끼어 있었다. 멀리에서 장엄한 음악이 들려왔고, 남문을 통해 기마 대열이 들어오는 것이 보였다.

처음에는 갈색 말을 탄 악대들이 둘씩 다섯 줄로 들어오고, 색색 비단옷을 입은 사십 명의 처녀가 말에 앉아 그 뒤를 따르고, 으리으리한 검은 관복을 입은 열 쌍의 고관이 그 뒤를 따랐다. 이들은 당시 스물세 고을로 나뉘어 있던 우리 도의 현감이었다. 그리고 멋지게 생긴 두 청년의 개인 경호를 받으며 목사가 말을 타고 지나갔다. 그가 탄 말은 그의 머리처럼 백마였다. 머리에는 눈처럼 하얀 깃털이 나부

끼는 갓을 썼는데, 그 갓의 호박 끈이 턱 아래에 묶여 있었다. 수많은 관속들이 목사의 뒤를 따랐다. 어린 수암은 이 위대한 목사에게서 매우 큰 감동을 받았다.

수암과는 달리 나는 어사를 보고 더 감동했다. 그는 전국을 순회하면서 관리들이 부정을 저지르고 있지 않은지, 수령들이 자기 임무를 다하고 있는지를 감시하는 직책의 사람이었다. 그는 임금에게 보고해서 부정한 고관들을 파면시킬 수도, 말단 관리를 승진시킬 수도 있었다. 어사는 자신이 방문한 사실을 감추기 위해 대개 거지로 가장해서 전국을 떠돌아다녔다.

우리는 지금까지 어사에 관한 많은 이야기들을 들어 왔다. 가난한 집에는 돈과 쌀을 갖다주고, 무고한 죄수들을 석방시켜 주었다는 그런 이야기들이었다. 나는 비밀 나졸들을 거느리고, 그 권력이 비길 데 없이 강하면서도 거지처럼 초라한 행색을 하고 다니는 그런 어사가 되고 싶었다.

놀이를 할 때 내가 이 위치에 앉아 주사위를 던져 여섯 점을 얻어내면, 다른 사람들이 여섯 점을 얻지 못하는 한 다른 모든 관리들을 추방할 수 있었다. 그동안에 나는 원로의 위치에서 뒤따라오는 사람을 기다릴 수 있었다. 그러면 더 이상 경쟁자를 두려워할 필요가 없었다.

반면에 계속 추방되어야만 하는 운수 나쁜 사람은 무척 속상해했다. 수암은 자주 추방되었기 때문에 화가 나 있었는데, 칠성이에 의해 자리를 추방당하면 더욱더 날뛰며 분노했다. 이 분노는 점차 개인적인 감정으로 악화되어 거의 매일 밤 불만을 품은 채 잠자리에 들었다. 수암은 계속해서 졌다. 설날에 세뱃돈으로 모았던 전 재산을 몽땅 잃었다. 나도 잃었다. 칠성이가 다 땄다.

수암과 칠성은 한 번도 잘 지내지 못했다. 한 사람은 너무 열정적이고, 다른 한 사람은 너무 조용했다. 수암은 항상 칠성이를 지나친 모범생이라고 꼬집어 말했다. 그런데다 그는 언제나 깔끔했다. 몇 달을 입어도 그의 옷은 늘 새 옷 같았다. 반면에 수암의 옷은 사흘만 지나면 금세 더러워졌다. 이러다 보니 칠성이는 우리의 눈엣가시가 되었다. 오랫동안 짙은 먹구름이 머리 위를 맴돌았다. 그래서 작은 불꽃이 보이기만 해도 심한 번개가 칠 것 같았다. 이럴 때일수록 놀이는 아주 안성맞춤이었다. 방학이 끝날 무렵에는 나도 돈을 다 잃고 말았다. 나는 마지막 동전을 걸었다. 마침 아버지는 집에 안 계셨다. 칠성이가 나를 추방했다. 나는 되돌아와 다시 추방되었고, 또다시 돌아왔다. 이미 돈을 다 잃은 수암은 오랫동안 우리가 노는 걸 그저 보고만 있었다. 칠성이는 나를 다시 한번 추방하기 위해 주사위를 높이 던졌다. 그러나 이 주사위가 떨어지기도 전에 수암이 그에게 덤벼들어 머리통을 잡고 늘어졌다. 둘은 이쪽저쪽으로 뒹굴었다. 나는 수암을 거들었다. 모범생 칠성이가 코피를 흘리고, 저고리까지 찢긴 것을 보니 정말 속이 시원했다.

이것은 우리의 마지막 공동생활이었다.

곧 심판이 내려졌으나 공정치 못했다. 내 생각으로는 칠성이가 제일 무거운 벌을 받아야만 할 것 같았다. 왜냐하면 그가 돈을 전부

땄고, 그것 때문에 싸움이 터졌기 때문이었다. 두 번째로 수암이 칠성이를 몹시 때렸으므로 벌을 받아야 한다고 생각했다. 그러나 결과는 그 반대였다. 칠성이는 무죄로 아무렇지 않게 아버지의 방을 나왔다. 수암은 아버지한테서 종아리 세 대를 맞았으나 울지 않았다.

"자, 이젠 네 차례다!"

나는 바지를 걷어 올리지 않았다. 칠성이는 무죄고, 우리 둘만 얻어맞아야 한다는 것을 도무지 이해할 수 없었기 때문이었다.

그런데 수암이 내 옆구리를 꾹 찌르면서 바지를 걷어 올리라고 눈

치를 주었다. 내가 머뭇거리며 바지를 걷어 올리자마자 아버지는 종아리를 때리셨다. 나는 저항했지만 아무런 소용이 없었다. 아버지가 나를 단단히 붙잡았기 때문에 도저히 빠져나갈 수가 없었다. 나는 세 차례나 맞은 후, 돌아서서 칠성이도 매를 맞아야 할 것이 아니냐고 말했다. 그러자 아버지는 나를 한 대 더 때리셨다. 이번에는 경골에 맞았기 때문에 몹시 아팠다.

나는 그만 울음을 터뜨리고 말았다. 수암은 그사이에 아버지의 손에서 회초리를 빼앗으려 하다가 도리어 엉덩이에 호된 매를 맞고 아파서 깽깽거리면서 물러났다. 나는 계속 매를 맞았다. 적어도 열 대는 더 맞았을 것이다. 그리고 난 후 아버지가 말씀하셨다.

"이제 됐다."

그러나 나는 물러나지 않았다.

"더 때리세요!"

나는 반항적으로 말했다.

"뭐라고!"

아버지는 소리치면서 나에게 매질을 하셨다. 그러자 수암이 다시 그 사이에 뛰어들어 옥신각신하다가 한참 후에 아버지의 손에서 회초리를 빼앗아 달아나 버렸다.

나는 방에서 강제로 쫓겨났다.

"자, 이젠 네 마음대로 가거라, 이 고집불통아!"

대원 어머니

봄이 되자 칠성이는 자기 어머니와 함께 우리 집을 떠났다.

그들은 길 건너에 있는 작은 집으로 이사를 했다. 칠성이의 어머니가 살림을 넓히려고 그랬는지, 그렇지 않으면 우리가 싸운 것이 화근이 되어 한집에서 더 이상 같이 살 수 없어서 그랬는지, 나는 잘 몰랐다. 어쨌든 간에 이렇게 떨어지게 된 것은 잘된 일이었다. 우리는 다시 만났을 때 더 이상 싸우지 않았다. 수암과 나는 우리보다 나이 많은 사촌을 패 준 것을 부끄러워하였다. 칠성이는 정말 깔끔했다. 그러나 그것이 그의 잘못은 아니었다.

그들이 떠나고 나서 며칠 후, 아주 먼 지방에 사는 할머니가 우리를 찾아오셨다. 흔치 않은 매우 귀한 방문이었다. 어머니는 나에게 그 할머니를 '어머니'라 부르도록 하셨다. 비록 할머니가 나를 낳지는 않았지만 내 어머니를 위해 아들을 낳게 해 달라고 빌었고, 그렇게 해서 내가 이 세상에 태어났다는 것이었다. 말하자면 그분은 아이 낳기를 원하는 부인들을 위해서 대신 빌어 주는 '대원 어머니'였다. 그분은 예언서와 알록달록한 부채를 들고 이 집 저 집 돌아다니는 점쟁이나, 소리와 춤으로 귀신을 불러들이는 무당과는 달랐다. 할머니는 훨씬 품위 있는 사람이었고, 저급한 일에는 관여하지 않았다. 오로지 부처와 보살의 이름으로 천신께 직접 빌었다. 어머니는 이 할머니에 관한 얘기를 듣자마자, 먼 길을 마다하지 않고 그분을 찾아가 빌어 달라고 부탁했다는 것이다. 어머니는 아들을 못 낳고 늙을까 봐 무척 걱정했다고 하셨다. 할머니는 우리 집에 묵으면서 사십구 일 동안이나 미륵불에게 기원을 올리셨고, 그래서 내 이름을 미륵으로 지었다고도 하셨다.

어느 날 저녁, 나는 두 어머니를 따라 숲속으로 갔다. 우리는 그곳에 있는 미륵 불상 앞에서 감사의 불공을 드릴 참이었다. 우리 고을에서 멀리 떨어진 깊은 산골짜기에 미륵 불상이 있는 작은 사당이 있었다. 대원 어머니는 근처에 있는 마을에서 열쇠를 가져와서 문을 열고 촛불을 켰다. 날은 이미 저물었다. 무서운 생각을 하며 겁을 먹은 나는 두 어머니 사이에 서서 촛불을 받아 훤히 빛나는 불상을 우러러보았다. 불상의 모습은 고요하고 평화로워 보였다. 미륵불은 눈을 내리뜨고 있었다. 귀는 정말 길쭉했다. 두 팔은 몸에 꼭 붙어 있었다. 손은 깍지를 끼고 있었으며, 다리는 서로 밀착되어 곧게 발까지 비슷한 굵기로 죽 내리뻗어 있었는데, 다만 서로 나뉘어 있다는 것만 알아볼 수 있었다.

대원 어머니는 세 번 접은 종이에 불을 붙이시고, 불상을 바라보며 기도를 하셨다. 나는 그분이 중얼거리시는 말을 다 알아들을 수 없었다. 왜냐하면 나를 이 세상에 태어나게 해 주신 성자가 어둠 속에서 하얗게 빛나고 있는 모습에 너무나도 감동받았기 때문이었다.

축원을 마친 뒤 사당 문을 닫고 집에 돌아왔을 때, 나는 나를 이 세상에 존재하도록 기원해 주신 대원 어머니에게 무한한 감사의 정을 느꼈다. 그분의 기도가 없었더라면 나는 어딘지 모를 다른 곳에서 태어났을 것이며, 수암과 구월이, 그리고 누나들도 없이 자랐을 것이다. 나는 그분의 손을 더욱 굳게 잡았고, 그분은 나를 가끔 "내 귀여운 아들아!" 하고 부르셨다.

그분은 나에게 선물을 많이 주셨다. 문 안으로 들어갈 때마다 내게 무슨 소원이 없냐고 물으셨고, 나는 원하는 것을 모두 받을 수 있었다. 한번은 나에게 큼직한 거북을 갖다주셨다. 나는 말할 수 없이 기뻤다. 나는 아직 한 번도 그런 거북을 본 일이 없었다. 거북의 등은 마치 아름답게 조각된 먹통 같았고, 배에는 선명하게 임금 왕(王) 자가 새겨져 있어서 경외의 마음까지 들었다.

나에게는 잘 길들여진 자그마하고 예쁜 다람쥐 친구가 있었다. 서당에서 돌아오면 저녁마다 내 얼굴과 목으로 뛰어오르기도 하고, 내가 땅콩이나 밤을 줄 때까지 내 팔에서 뛰어놀았다. 나는 다람쥐에 관한 모든 일을 대원 어머니에게 이야기했고, 다람쥐가 달아나 속상한 마음을 털어놓았다. 그랬더니 다람쥐 대신 거북을 사다 주신 것이었다.

나는 아주 가끔 거북의 등을 조심스럽게 만졌다. 거북과는 그 이상의 장난을 할 수 없었다. 거북은 다람쥐와 엄청나게 달랐다. 뛰지도 않고, 소리 지르지도 않고, 느릿느릿 마룻바닥을 돌아다니다가는

오랫동안 한자리에 머물러 있기만 했다. 그놈은 아주 의젓하고 당당해 보였으며 깊은 생각을 하는 듯했다. 대원 어머니는, 거북은 인간의 운명에 대해서 깊이 생각하기 때문에 행복과 불행을 예언할 수 있다고 설명해 주셨다. 그걸 알아보기 위해서는 등이 평평하게 되도록 구부려야만 했다. 그러고는 거북을 등에 올려놓고 기어 내려올 때까지 기다렸다. 그놈이 오른쪽으로 기어 내려오면 행운을 뜻하고, 왼쪽으로 기어 내려오면 불행을 뜻했다. 수암과 나는 매일 아침 한 번씩 땅에 엎드려 거북을 등에 올려놓고 거북이 기어 내려올 때까지 기다렸다. 이놈이 왼쪽으로 기어 내려오면 나는 기분이 언짢았다. 수암은 내게 거북이가 언제나 오른쪽으로 기어 내려가도록 왼쪽 어깨를 약간 높이라고 알려 주었다. 우리는 운명을 알아본 다음 거북을 풀어 주었다. 그러면 거북은 안마당으로 우물뜰로 유유자적하게 기어 다녔다. 거북은 우리가 풍족하게 마련해 주는 오이나 참외만을 먹고 살았다. 그런데 남쪽 나라에는 해 뜨기 전 그들의 입술에 맺히는 이슬만 먹고 사는 희귀한 거북이 있다고 들었다.

또다시 한여름으로 접어들었다. 대원 어머니는 떠나셨다. 날씨가 너무 더워서 서당 수업은 오전에만 했다. 오후에는 냇가에 가서 실컷 멱을 감고 놀았다. 우리는 이제 제법 헤엄을 칠 수 있어서 물속 깊은 곳까지 들어갈 수 있었다. 냇물이 깊어도 너무 맑아 바위와 모래가 희미하게 비치었다. 우리는 개구리처럼 헤엄치기도 하고, 바닥까지 잠수도 하고, 흐르는 물에 몸을 맡기고 누워서 수영을 하기도 했다. 그리고 바위 위에 누워서 눈을 감고 물소리에 귀를 기울이는 것도 좋았다.

수암과 나는 매번 거북을 데리고 갔다. 거북도 마음대로 수영을 하게 놓아두었다. 우리는 오고 가는 길에 거북을 뜨거운 햇빛으로부터 보호하기 위해 큼직한 호박잎으로 감싸 주었다.

딱 한 번 거북을 데리고 가는 것을 잊은 적이 있었다. 이날 그 불행한 일이 일어났다. 혼자 남아 있던 거북은 물에 들어가고 싶어서 그랬는지, 어디론가 사라지고 말았다. 저녁때 돌아와서 거북에게 먹이를 주려고 집 안을 샅샅이 찾아보았으나 보이지 않았다. 온 식구가 우리를 도와 거북을 찾았다. 노을이 깃들고 점점 어두워지기 시작했다. 하얀 박꽃이 빛나고 박쥐가 찍찍거리며 공중을 날아다녔다. 그러나 거북은 나타나지 않았다. 모두들 촛불과 호롱불을 들고 방과, 곳간과 뜰의 도랑까지 구석구석 찾아보았다. 마침내 구월이가 솥에서 거북을 찾아냈다. 구월이가 땅 위에 그놈을 올려놓았는데, 전혀 움직이지 않았다. 죽은 것이었다.

다음 날 수암은 뒷마당에 거북을 묻기 위해 삽으로 구덩이를 파서 작은 묘지를 만들었다. 그 당시 우리나라에는 평지에 묘가 없었다. 집집마다 자기 산을 갖고 있어서 그곳에다 가족 묘지를 만들었다. 그래서 우리도 작은 언덕을 만들어 거기에다 거북을 묻을 생각이었다. 수암은 오후 내내 언덕의 높이가 일 미터가 되도록 흙을 퍼 올렸다. 나는 굵은 나뭇가지 두 개와 짚으로 거북을 무덤까지 들고 갈 들것을 만들었다. 거북은 움직이지 않고 하루 종일 누워 있었다. 우리는 산신령과 죽은 동무에게 술 대신 물 한 잔을 바쳐 거북의 넋이 편히 쉬기를 빌었다. 그리고 해가 질 때 거북을 묻었다. 작은 무덤이 완전히 덮였을 때 우리는 무척 슬펐다.

거북은 장수하는 동물이라 수천 년을 산다고 들었다. 그렇게 신비한 동물이 우리 집에서 죽었다는 것은 불길한 일이 벌어질 것이라는 예고였던 것 같다.

내 아버지

그 후 몇 달 뒤 아버지가 병환에 걸리셨다. 아버지는 여행 중이셨는데, 며칠 후 갑자기 되돌아오셨다. 그러자 온 집안은 야단법석이 났다. 나는 아버지가 어디가 편찮으신지 알지 못했다. 아버지는 꼼짝도 하지 않고 방에 누워만 계셨다. 눈을 감고 아무 말도 하지 않으셨다. 어머니와 할머니, 숙모는 아버지를 둘러싸고 앉아 계셨다. 많은 의원이 집에 다녀갔으나 아무도 병을 고치지 못했다. 그날 밤부터 다음 날 오전까지 아버지는 그렇게 누워만 계셨다. 어머니가 약을 권하는 걸 알아차리시는 것을 보니 주무시는 것은 아니었다. 오후가 되었을 때, 아버지의 회생에 대한 희망은 꺼지고 말았다. 어머니는 그만 기절하여 안방으로 옮겨졌다. 온 집 안은 쥐 죽은 듯이 고요했다. 여자들은 아버지 방에 모였고, 남자들은 그 앞 마루에 모여 앉았다. 어느 누구도 말 한마디 하지 않았다. 숙모만이 아버지에게 삼키지 못하는 약을 떠 넣으려고 무진 애를 쓰셨다.

어머니는 안방에 누워 계셨다. 어머니는 다시 정신이 들었으나 아무 말도 하지 않고, 다만 내 손을 꼭 잡으셨다. 할머니가 방 안에 들어오셨을 때 어머니는 "이젠 모든 게 다 끝났어요, 어머니!" 하며 울먹이셨다.

할머니는 어머니의 말을 듣지 않고 앉아서 혼자 중얼거리셨다. 그때 둘째 누나인 어진이 누나가 들어와서는, 오늘 아침 사람을 시켜 데리러 보낸 새 의원이 방금 도착했다고 말했다. 수암과 나는 급히 아버지의 방으로 달려갔다.

이 새 의원은 사람들이 많이 찾는 유명한 의원이었다. 그는 몇 주일 전부터 환자를 돌보기 위해 우리 고을에 머무르고 있다가, 막 집으로 돌아가려던 참이었다.

우리 집 일꾼이 끈질기게 설득하여 모시고 온 것이었다. 의원은 잠시 아버지를 살펴보더니 숙모에게 이렇게 말했다.

"너무 늦었습니다. 저는 손을 쓸 수가 없을 것 같습니다."

"제발 한 번만 봐주세요!"

숙모는 의원에게 애원하셨다. 그때 숙모의 얼굴은 아버지보다 더 창백해 보였다. 숙모는 낯선 의원의 소매를 잡고 그가 방에서 나가지 못하도록 매달리셨다.

"원하는 건 뭐든지 다 드리겠습니다."

그는 다시 앉아서 아버지의 맥과 심장, 그리고 전신을 살피며 진맥을 하였다.

"좋습니다, 내가 할 수 있는 데까지 한번 해 보겠습니다. 그러나 잘 안돼도 나를 책망하진 마십시오."

그는 주머니에서 길쭉한 통을 꺼냈다. 그리고 그 속에서 긴 침을 뽑아 아버지의 윗입술과 아랫입술에 차례로 찔렀다. 그런 다음 바로 갈비뼈 밑 위장 부근에 침 전부를 깊숙이 박고, 한참 동안 그대로 찔러 두었다가 천천히 다시 뽑았다.

"만약에 병자가 살아나면 오늘 저녁 안으로 어떤 징조를 보일 것입니다."

그는 이렇게 말하고 방에서 나갔다.

저녁이 되었다. 온 집안에서는 다시금 희망이 솟았다. 아버지의 병환이 더 나빠지지 않는다는 징조가 벌써 나타났기 때문이었다. 아버지는 오전처럼 조용히 누워 계셨다.

날이 어두워졌을 때, 아버지의 양손이 서로 맞닿을 정도로 움직였다. 우리는 정신을 바짝 차리고 아버지의 움직임 하나하나를 지켜보았다. 숙모는 아버지의 손과 팔을 부드럽게 쓰다듬으셨다. 그런데 갑자기 아버지가 눈을 뜨고 두리번거리셨다. 깊은 한숨이 터져 나왔다. 아버지는 다시 눈을 감고 왼쪽으로 돌아누우셨기 때문에, 우리는 아버지의 얼굴을 더 이상 볼 수 없었다. 아버지는 곧 잠이 드셨고 건강한 사람처럼 숨을 쉬셨다.

"살았다!"

숙모는 이렇게 말씀하시고 그만 울음을 터뜨리셨다. 일어날 기운조차 없는 숙모를 다른 사람들이 부축하여 방으로 데리고 갔다.

이 소식을 전해 들은 어머니는 아버지 방에 들어오셨으나, 아버지의 병세가 나아졌다는 것을 믿지 못하시는 것 같았다. 어머니는 여전히 온몸을 떨고 계셨는데 마치 시체처럼 보였다. 어머니는 차츰 진정되어 우리를 모두 방에서 나가게 했고, 부엌일이며 의원에게 통보할 것을 지시하셨다. 수암과 나는 잠자리로 가서 바로 잠이 들었다.

내가 한밤중에 깨어나서 아버지의 방으로 달려갔을 때, 아버지는 일어나서 어머니와 이야기를 나누고 계셨다. 나는 아버지에게 뛰어갔다. 아버지는 어머니가 끌어내실 때까지 나를 무릎에 앉혀 주셨다. 나는 아버지가 정말 살아 계신가를 확인하려고 쳐다보고 또 쳐다보았다. 나는 아버지의 이부자리 곁에 누웠다가 다시 잠이 들었다. 두 분은 이 기적을 낳게 한 의원에 대해서 나직이 말씀하셨다.

정말 대단한 의원이었다. 나중에 들었지만, 그는 우리 고을뿐만 아니라 전국에 걸쳐 많은 사람의 생명을 구해 준 의원이라는 것이었다. 한번은 방금 무덤에 끌고 간 사람의 생명을 다시 구해 줬다고도 했다. 그런데 그는 너무나 많은 돈을 요구했기 때문에 가난한 사람은 그에게 왕진을 청할 엄두를 낼 수 없었다. 이러한 그릇됨으로 말미암아 그는 목숨을 잃고 말았다.

어느 날 그가 부유한 병자를 치료하고 집으로 돌아가던 중, 큰 바위가 굴러떨어져 그를 덮쳤다. 그리고 얼마 뒤 성벽 아래쪽에서 깔려 죽은 시신이 발견되었다. 누가 범인인지 아무도 몰랐다. 사람들은 그의 무거운 돈 자루가 바윗덩이로 변해 버렸다고들 말했다.

아버지는 서서히 회복되어 가셨다. 가을을 넘기고 겨우내 무척 조심스레 보양을 받으셨다. 중풍을 무릅쓰고 그동안 쭉 해 왔던 그 모든 일을 이제는 그만두셔야만 했다. 사교적인 모임은 중단되었고, 아버지와 가장 친분이 두터운 친구분들만 집으로 찾아오셨다. 처음에는 의원의 요청과 가족의 권유에 따랐으나, 이제는 아버지 스스로 더 많이 쉬어야 한다는 사실을 절실히 느끼셨던 것이다. 아버지는 하나씩 하나씩 정리해 가셨다. 마침내는 집안일도 정리하셨다. 서당이 해체되었고, 아이들은 다시 만날 기회도 없이 모두 집으로 돌아갔다. 바깥뜰은 다시 조용해졌다. 다만 젊은 서기인 순필이와 늙은 하인인 방 노인과 마름인 순옥이만이 아직도 머무르고 있었다.

그 뒤 대대적인 가족회의가 열렸다. 수암을 어떻게 할 것인가? 모두들 수암이 한문을 더 익히기 위해서 서당에 계속 다녀야 한다는 결정을 내렸다. 수암은 한학을 잘 가르치는 서당이 있는 마을로 자기 어머니와 함께 이사를 가게 되었다. 숙모는 거기서 지금껏 아버지의 소유로 스스로 관리해 오시던 토지의 경영을 맡게 되었다. 수암과 나는 유년 시절을 함께 보낸 이래 처음으로 오랜 이별을 해야 했다. 나는 수암을 우리 고을에서 한 시간 이상이나 걸어야 갈 수 있는 용당포 항만까지 바래다주었다. 거기서부터 그는 배를 타고 암석투성이인 깊은 해협을 지나 바닷가로 건너가야 했다. 배가 돛을 올리고 물결치는 푸른 파도 위에서 흔들리며 멀어져 가는 동안, 수암은 숙모와 둘째 누나 사이에 앉아서 겁먹은 표정으로 우리 쪽을 바라보았다.

이렇게 가족이 줄어든 뒤에 우리의 생활은 정상적으로 자리 잡아 갔다. 그러나 아버지의 마음속에서는 큰 변화가 일어나고 있었다. 불교 문학과 염불을 가정에 들여오기 시작한 것이다. 아버지는 매일 저녁 염불로 시간을 보내셨다. 비가 오고, 바람이 불고, 손님이 찾아오고, 집안에 일이 생겨도 염불을 게을리하지 않으셨다. 염불은 범어로 하기 때문에, 나는 한마디도 알아들을 수 없었다. 다만 그 모든 말들이 아버지의 앞날에 관한 것이라고 추측했을 뿐이다.

어머니는 진심으로 불교를 믿었기 때문에 좋아하셨다. 여름이 되자, 어머니는 신광사에 가서 불공을 드리자고 하셨다. 어머니는 또한 이 절의 스님을 집에 모셔 와서 여러 가지 의식이며 제사에 관해 상의하기로 하셨다. 그러나 이 계획은 다음 해 여름으로 미루어졌다. 나는 적이 서운했다.

우리 고을은 산으로 둘러싸여 있으며, 산에는 크고 작은 절들이 많았지만, 나는 아직 한 번도 절을 구경해 보지 못했다. 우리는 지금까지 부처님께 치성을 올린 일도 없고, 또 절에 가서 크게 불공을 드린 적도 없었다. 우리 집에 자주 찾아와 대문 앞에서 염불을 외는 시주승은 사람들을 불교로 인도하는 데 그다지 도움이 되지 못했다. 다만 일 년에 한 번 — 부처님이 십구 년 동안 명상한 뒤 다시 목욕을 하고 설법을 시작했다는 사월 초파일 — 우리 고을에서 불교 의식이 거행되었다. 그럴 때면 큰길가의 모든 집 앞에 집보다 세 배 네 배가 넘는 노끈나무가 진열되었다. 나무는 형형색색의 천 조각으로 장식되었고, 나뭇가지에 묶인 갖가지 화려한 끈들이 지붕과 땅 위에 걸리었다. 저녁에는 이 줄과 끈에 초롱불을 매달아 놓아 정원은 수백만 송이의 무지갯빛 꽃으로 뒤덮인 것 같았다.

나는 절을 꼭 한번 구경하고 싶었다. 특히 부모님이 오래전부터 말씀하셨던 신광사를 가 보고 싶었다. 그래서 어느 화창한 날 아침, 나는 신광사로 소풍 가는 두 친구를 충동적으로 따라갔다.

아침 산책을 마치고 돌아오는 길에 마침 서문 안에서 옛 서당 친구를 만났다. 내가 어디 가느냐고 물었더니, 그들은 신광사에 간다고 했다. '신광사'란 말을 들었을 때 내 가슴은 울렁거렸고, 같이 가자는 그들의 청에 망설이지 않고 무조건 응했다.

나는 용감하게 갔고, 앞으로 닥쳐올 일에 대해서는 아무런 걱정도 하지 않았다. 소풍은 대단히 즐거웠다. 우리는 빨리 고을을 벗어나서, 수많은 산골짜기를 지나 산속 깊이 들어갔다. 우리는 완전히 산에 둘러싸이게 되었다. 햇볕은 따갑도록 내리쬐었고 우리는 땀을 뻘뻘 흘렸다. 그러면서도 지치지도 않고 줄곧 산길을 걸었다. 마침내 울창한 숲으로 둘러싸인 평평한 마당이 보이는 곳까지 다다랐다. 신광사의 회색빛 지붕이 나뭇잎 사이로 희미하게 보였다.

우리가 그곳에 도착했을 때, 이미 나무 그림자가 땅 위에 길게 깔리고 해가 뉘엿뉘엿 서쪽 하늘로 기울었다. 나는 다른 애들에게 너무 늦지 않도록 곧장 집으로 돌아가자고 했다. 그런데 그 애들은 날이 너무 저물었으니 오늘 밤은 절에서 자야겠다고 했다. 나는 부모님이 내가 어디 있는지 모를 터이므로 가능하면 이곳에서 잠을 자지 않으려고 했다. 내가 집으로 돌아가자고 고집했지만 그들은 우선 절을 구경하자고 했다. 우리가 말다툼을 하고 있는 동안에 해는 더 기울었다. 우리를 맞아 준 젊은 스님이 이 밤중에 위험한 길을 되돌아간다는 것은 당치 않은 일이라고 말했다. 나는 하는 수 없이 집으로

가는 것을 단념했다. 그래서 이 산속에서 생전 처음으로 우울한 밤을 보냈다.

　나는 불상들이 즐비하게 늘어선 화려한 절을 구경하지 않고, 스님이 설명하는 것도 듣지 않고, 그리고 그들이 가져다주는 음식을 입에 대지도 않았다. 우리 고을이 있을 산 너머만을 바라보았다. 어느 곳에도 내 눈에 익숙한 넓은 계곡과 바다 풍경은 보이지 않았다. 험준한 산봉우리만이 사방으로 둘러싸여 있었고, 절의 저녁 종소리만이 깊은 계곡으로 쓸쓸하게 울려 퍼질 뿐이었다. 손에 염주를 감고, 누런 장삼을 걸친 스님이 저녁 염불을 외러 마당에 들어섰다. 제단

앞의 수많은 촛대 불빛이 대웅전에서 새어 나왔다. 여기서는 스님과 유가족들이 죽은 사람의 혼을 위해서 불공을 올리고 있었다.

잠시 중단되었다가 다시 시작되는 염불과 불공은 밤을 지새우고 아침이 밝아 올 때까지 계속되었다. 그리고 불공을 드린 사람들이 넓은 뜰로 나왔고, 승복으로 정장한 백여 명의 승려들과 상복을 입은 여인들이 원을 그리며 천천히 절 마당을 돌았다. 여인들은 모두 두 손으로 죽은 영혼의 거처인 것 같은 원통 모양의 나무판을 들고 서 있었다. 이 원의 한가운데에서 장작불이 빨갛게 타올라 어둠을 밝혔다. 엄숙한 염불 소리에 섞여 둔탁한 목탁 소리가 울렸고, 승려들은 합장으로 작별의 염불과 함께 나무아미타불을 외웠다.

이제야 죽은 사람의 영혼은 이 땅을 떠나 다른 세상으로 가는 것이다. 목탁의 박자와 운율이 있는 염불에 감동하여 우리 셋은 자신도 모르게 조용히 그 원을 따라 돌았다. 어느새 아침이 환히 밝았다. 사람들의 얼굴이 점점 뚜렷하게 보이기 시작했고, 산속이 점점 밝아졌다. 염불은 점점 열광적으로 고조되고 원무는 더욱더 빨라졌다. 이제 동녘 산봉우리에 붉은 해가 치솟으며, 새로운 햇빛이 계곡과 절간을 내리비치기 시작했다. 승려들이 염불을 외는 동안, 부인들은 한 사람씩 불 앞에 다가와서 그 영혼의 통을 불 속에 던졌다. 이것이 영혼과의 마지막 작별이었기 때문에 여자들은 모두 통곡을 했다. 우리도 덩달아 흐느껴 울었다. 목탁은 둔탁하고 구슬프게 울렸으며, 승려들은 끊임없이 나무아미타불을 외웠다.

이날 밤의 감격을 깊이 간직한 채, 우리는 산과 작별을 하고 집으로 돌아갔다.

집에 돌아와서 나는 모든 꾸지람과 벌을 아무 반항도 하지 않고 기꺼이 받았다. 이 종교 의식은 이상스럽게 나를 감동시켰고, 전보다 어른이 된 기분이 들었다. 아버지는 나를 곧 용서해 주셨고, 내가 경험한 것을 모두 말해 보라고 하셨다. 아버지는 기뻐하시는 것 같았으며, 그날 저녁부터 아버지가 외는 염불의 한 대목을 같이 외도록 허락하셨다. 염불을 마친 후 아버지는 양자강(양쯔강) 유역의 골짜기 곳곳에 있는 여러 절과, 그곳을 찾는 유명한 시인들이 부른 노래에 관해 이야기해 주셨다.

그즈음 나는 한문학 시간에 『당시선』을 읽고 있었다. 그러나 사기와 시를 책으로 읽는 것보다, 아버지한테서 당나라 때의 설화와 전설, 일화 등을 듣는 게 더 재미있었다. 당시에는 불행한 시인이 많았고, 사랑하는 사람을 기다리다 못해 강물에 뛰어들어 아름다운 죽음을 택하려 한 이야기도 많았다. 슬픈 곡조가 바위에서 울렸고, 고독한 협주곡이 풀잎에서 들렸으며, 동정호의 저녁노을에 슬픈 이별가가 떠돌아다녔다.

아름다운 달밤이면 아버지는 우물뜰 아래 자리를 만들라고 하셨다. 아버지의 시적인 이야기는 끝날 줄 몰랐고, 가끔은 자작시를 읊기도 하셨다. 아버지의 그렇듯 근엄한 모습은 사라지고, 좋은 운이 떠오르면 나와 장난까지 하셨다.

한번은 나에게 술을 마셔 보라고 하신 적도 있었다. 이런 일은 어머니가 안 계시는 아름다운 달밤에만 가능했다. 만약 어머니가 옆에 계셨더라면, 내가 아버지와 함께 술을 마시는 것을 허락하시지 않았을 것이다. 어머니는 음주에 대해서는 완강히 반대하셨다. 그러나 아버지는 이 독한 술을 매우 좋아하셨다. 그 때문에 두 분 사이에는 종종 사소한 시비가 벌어졌다. 그러나 보통 어머니가 양보하시고 저녁마다 아버지에게 곡주를 한 병 가득히 가져다드리곤 했다. 우리 부자가 같이 앉으면 술잔 두 개와 쟁반 가득 과일이 담긴 술상이 나왔다. 어머니는 보통 밤이 깊어지고 술병이 빌 때까지 우리 옆에 앉아 계셨다. 그러나 그해 여름밤엔 마을 부인들의 독서회가 있었기 때문에 어머니는 우리 옆에 계시지 않았다.

어느덧 텅 빈 서당의 지붕 위에 달이 떠올라 구름 한 점 없는 하늘을 환하게 밝히고 있었다. 두 뜰 사이의 담이 짙은 그늘을 드리웠다. 사람의 그림자도 보이지 않았고 아무런 인기척도 없었다. 이 큰 집에서 움직이는 것은 아무것도 없었다. 그처럼 재미나게 이야기하시는 아버지의 웃는 얼굴에서 모든 생명과 의식이 빛나고 있었다. 밤이 깊어지면 깊어질수록 아버지는 술잔을 더 기울이셨고, 이야기는 흥미를 더해 갔다. 수많은 시가 인용되고 읊어졌다.

"너, 위대한 시인 김삿갓에 대해 들어 본 적 있니?"

"아니요."

나는 새로운 이야기에 대한 기대감에 차서 대답했다.

"그의 할아버지는 남도 어느 고을의 원님이었다. 당시 임금은 정치를 잘못해 백성들로부터 믿음과 덕망을 얻지 못했지. 그 남도의 원님은 세력이 막강해 삼만 명의 병졸을 거느리고 있었는데, 모두가 명포수들이었어. 그는 병사들과 함께 임금을 물리치려고 서울로 진군해 들어갔던 거야. 세 개의 도가 이미 그에게 포섭되어 아무도 북진을 막아 내질 못했단다. 그런데 그가 병졸을 거느리고 새로 빼앗은 고을에 입성하려 할 때, 한 남자가 그를 기다리고 있었지. 그 남자는 무장도 하지 않고 무기도 없었는데, 그 정복자의 말에 다가가서 말고삐를 냉큼 잡아당겼다는 거야."

아버지는 술잔을 보시더니 금세 다 비우셨다. 나는 잔을 다시 채우려 했으나, 병은 이미 텅 비어 있었다.

"더 없느냐?"

아버지가 물으셨다.

그때 아버지는 — 그렇게 말해도 좋을지 모르겠으나 — 약간 슬픈 표정을 지으셨다. 그래서 나도 우울해졌다.

"더 가져오겠습니다."

나는 병을 들고 일어섰다. 아버지는 웃으면서 내 손을 잡고 말씀하셨다.

"넌 참 대단하구나. 어머니께 잘 청해 보아라! 아마 조금은 줄지 모르겠다."

"술을 꼭 가져오겠습니다."

나는 야무지게 대답했다.

그리고 병 하나 가득히 술을 가져와서 아버지의 잔에 따라 드렸다.

아버지는 무척 기뻐하셨다.

"그런데 그 상대방은 누구였습니까?"

나는 다시 여쭈어보았다.

"그래, 네게 물어보려던 참이다. 그 대담한 사나이는 어떤 사람이었을까?"

나는 한참 동안 생각하다가, "임금이 아닙니까?" 하고 말했다.

"그래! 임금이 몸소 나와서 그렇게 무기도 없이 적에게 대했다면, 그야 물론 옳았을 것이다. 아마 다른 임금이라면 그랬을지도 모르지. 하지만 이 임금은 매우 겁쟁이였거든. 그 대담했던 사나이는 임금이 아니고 정복자의 손자였단다. 그리고 그 손자가 바로 유명한 김삿갓이란다. 전혀 생각지 못했지? 그렇지만 분명 그의 손자였다는 거야. '남으로 회군하십시오!' 하고 그는 할아버지에게 간청했지만, 할아버지는 '내 군관이 되면 너에게 삼천 군졸을 주겠다.'고 했다는 구나. '할 수 없습니다.' 하고, 손자는 '할아버님은 상감에 대한 충성을 어기셨습니다. 따라서 저도 할아버님께 복종할 수 없습니다!'라고 대답했다는 거야. 이 말만 하고 그는 할아버지의 진군을 더 이상 막지 않았지. 김삿갓은 임금에게 충성했어. 그렇지만 할아버지와도 적대적 관계를 맺지는 않았단다. 오히려 그는 방랑의 거지 시인이 되어 버렸지."

아버지가 이야기를 마치셨을 때 나는, "저 같으면 할아버지를 도왔을 텐데요." 하고 말했다.

"아니다."

아버지가 말씀하셨다.

"너는 아직 그걸 모른다. 일단 충성을 맹세한 이상, 결코 불충해서는 안 되는 것이다."

"그렇지만 김삿갓은 할아버지에게도 복종을 서약했으니 그것 또한 거역하지 말아야 옳지요."

"물론이지."

아버지는 나의 논리에 동의하면서 기뻐하셨다.

"그렇기 때문에 그는 할아버지의 계획에 반대하지 않고, 시인이 되어 시끄러운 세상에 등을 돌리고 만 것이지."

"그렇더라도 저라면 할아버지를 도왔을 겁니다." 하고 나는 말했다.

임금 때문에 자기 할아버지를 버려야 한다는 것을 이해할 수 없었다. 아버지는 "아니, 이 고집쟁이 녀석 같으니라고!" 하고 버럭 소리치셨다.

"아버지는 그렇게 생각하시겠지만, 저는 아닙니다. 아버지가 어른이라고 해서 저보다 그걸 더 잘 이해하시는지는 모르겠습니다."

"제법 똑똑하구나. 자, 우리 한잔 같이 마셔 볼까?"

아버지는 이렇게 말씀하신 후, 그냥 격식으로 놓아두었던 다른 빈 잔에 술을 따르셨다.

나는 아버지의 권유에 매우 놀랐다. 어머니가 늘 술에 대해 나쁘게 말씀하셨기 때문에, 지금까지 나는 술을 나쁜 것으로 여겨 왔다. 나는 술잔을 집어 들었다.

"자, 쭈욱 마셔라."

나는 단숨에 잔을 비웠다. 금방 눈에서 눈물이 나왔다. 술이 너무 독했기 때문이었다. 아버지가 얼른 입에 대추를 하나 넣어 주셔서 좀 괜찮아졌다.

"맛이 어떠냐?"

"좋아요." 하고 대답했다.

"그래! 그럼 한 잔 더 마셔라."

나는 고개만 끄덕였다. 아무 말도 할 수 없었다. 가슴이 막 울렁거리고 목이 조여 오는 것 같았다. 나는 움직이지 않고 조용히 앉아 있으려고 애를 썼다. 아버지는 김삿갓의 시를 계속 읊으셨다.

두 번째 잔을 비웠을 때, 나는 손에 대추 두 개를 쥐고 있었다. 그러나 이번에는 좀 괜찮았다. 나는 용기를 내어 사내답게 대추를 씹었다. 그러나 이상스럽게도 머리가 빙빙 도는 것 같았다. 그런데도 나는 아무렇지 않은 것처럼 가만히 앉아 있었다.

이윽고 어머니가 돌아와서 내가 예사롭지 않다는 것을 알아차리셨다. 아버지가 어머니에게 말씀하셨다.

"그럼. 벌써 두 잔이나 마셨거든!"

어머니는 너무 놀라 아무 말도 못 하셨다. 그러나 어머니의 눈빛은 그다지 노하거나 꾸짖는 것처럼 보이지 않았다. 오히려 좀 놀리시는 것 같았다.

"한 잔 더 마셔도 되나요?"

나는 아버지에게 여쭈었다.

"무슨 소리를 하는 거냐?"

어머니는 소리를 지르며 잔을 빼앗으셨다.

"너무 그러지 마시오."

아버지가 어머니에게 부탁하셨다.

"한두 잔 정도의 술은 해롭지 않아요. 내가 이렇게 외로운데 친구가 있어야 하지 않겠소."

"좋아요. 하지만 오늘뿐이에요."

이렇게 말씀하시고 어머니는 술잔을 채우셨다.

나는 의기양양하게 세 번째 잔을 단숨에 비웠다. 어른이 된 것 같은 기분이 들었다. 이렇게 현명하시고 이토록 재미난 얘기를 해 주시는 아버지의 친구가 되다니!

"아버지, 어머니가 시인에게 술이 얼마나 필요한가를 아셨더라면……!"

"맞아, 정말 그랬으면 좋으련만."

아버지가 말씀하셨다.

어머니는 옆에서 생각에 잠긴 듯한 눈으로 나를 바라보셨다. 나는 어머니가 놀라워하시는지, 아니면 웃고 계시는지 분간할 수가 없었다. 그러나 아무래도 좋았다. 정말 상관없었다.

달빛은 매우 밝았고, 살구꽃은 향기로웠다. 나는 술상에 마주 앉아서 아버지의 친구가 된 것이다.

신식 학교

신식 학교에 관한 이야기를 나는 일찍부터 들어 왔고, 지난가을부터는 부모님도 가끔 그 이야기를 하셨다. 몇 해 전에 세워진 이 낯선 학교는 우리 고을 북쪽 직물 거리 근처에 있었으며, 번쩍이는 유리 창문이 많았다. 이 학교에서 가르치는 것은 아주 신기한 것이라고 했다. 거기에서는 학생들에게 고전 한문도, 습자와 시 같은 것도 가르치지 않고, 대양의 서쪽 유럽이라는 곳에서 수입해 온 신식 학문을 가르쳐 준다고 했다. 그곳이 실제로 지구의 어느 곳에 있는지, 그 학문이 어떤 것인지는 아무도 정확히 몰랐다. 어떤 사람들은 고등 산수와 어려운 의술을 가르친다고 말하는가 하면, 심지어는 지리학과 천문학까지 가르친다고 말하는 사람도 있었다. 그러나 모두들 이 학교에서 한학은 가르치지 않아서 아이들을 망쳐 놓지 않을까 걱정하고 있었다.

아버지는 이 학교에 관해서 훨씬 더 많이 알고, 좋은 점도 알고 계시는 것 같았다. 아버지는 어머니와 다른 가족들과 오랫동안 상의

하여, 나를 일 년 동안 그곳에서 교육시키기로 결정하셨다. 내 나이 열한 살이지만 나이에 비해 고전을 잘 읽어 냈기 때문이라고 아버지가 말씀하셨다. 내가 몇 달 전에 배운 『중용』과 『맹자』로 당분간은 할 만했으나, 그다음에 배워야 할 책들이 나에게는 역시 너무 어렵다고 하셨다.

부모님이 신식 학교에 가고 싶으냐고 물으셨을 때, 나는 별로 내키지 않았다. 나는 외아들이었기 때문에 부모님의 뜻을 거역할 수가 없었다. 나는 한문이며 기타 한시 읽기를 좋아하였다. 그러나 나는 아버지를 믿었기 때문에 마음 놓고 대답했다.

"아버지가 원하신다면 가 보겠습니다."

그리하여 맑지만 여전히 쌀쌀한 어느 봄날 아침에 나는 아버지를 따라 시내로 갔다. 나는 제일 좋은 옷을 입었고, 어머니가 장만해 주신 새 보자기에 점심을 싸서 들었다. 우리는 골목길을 빠져나와 큰길로 나섰다.

"아버지, 학교에서 천문학을 배운다는 게 사실입니까?"

"사람들이 그렇게 말하더구나."

아버지가 대답해 주셨다.

"언제든 하늘에 관한 이야기가 나오거든 주의 깊게 들어 둬라. 천문학은 아주 고급한 학문이다."

"제가 그걸 이해할 수 있을까요?"

아버지는 나에게 용기를 불어넣어 주려는 듯 고개를 끄덕이셨다.

"언제나 정신이 맑아야 한다."

아버지는 진지하게 충고하셨다.

우리는 종각 거리를 지나 옆길로 접어들어 가, 곧 큰 건물의 문 앞에 이르렀다. 사람들의 입에 그토록 오르내리던 바로 그 무서운 학교였다. 학교 이름이 대문 위에 새겨져 있었다. 교정을 들여다보았더니 엄청나게 컸다.

"들어오너라."

아버지가 날 부르시며 앞장서 가셨다.

"왜 겁나니?"

내가 뒤따르기를 주저하자 아버지가 물으셨다. 나는 천천히 교문 안으로 들어섰다. 내가 교문 안에 다시 서서 건물 여러 곳을 살펴보고 있을 때, 아버지는 내 손을 잡아끌고 한 교실로 들어가셨다. 한 노인이 나오자 아버지는 그분에게 절을 하라고 하셨다.

"이분이 이 학교 교장 선생님이시다."

아버지가 미소를 지으며 말씀하셨다.

"항상 감사하게 생각하고, 말씀 잘 들어라."

아버지가 교장 선생님과 이야기하고 계시는 동안, 나는 햇빛이 들

지 않는 침침하고 작은 방으로 가 송 선생님이라고 불리는 젊은 선생
님에게 인도되었다. 나는 송 선생님에게도 허리를 굽혀 인사했다. 송
선생님은 나더러 앉으라고 말씀하셨다. 나는 송 선생님의 자리 앞에
있는 의자에 앉아도 되느냐고 여쭈었다. 나는 이제껏 방바닥에만 앉
았기 때문에 의자란 것을 몰랐다. 의자는 너무 고상해 보였다. 송 선
생님이 앉아도 된다고 하셔서, 나는 조심스럽게 의자에 앉았다.

"이제까지 무얼 배웠지?"

선생님이 물으셨다.

나는 부끄러워 제대로 말을 못했고, 선생님은 계속해서 물으셨다.

"예를 들면,『통감』을 읽었니?"

"네, 여덟 권까지."

"그리고 또 무엇을 읽었지?"

나는 다시 잠자코 있었다. 그다음에 읽은 것이 무엇인지 바로 떠
오르지 않았다. 나는 너무 당황하고 있었다.

"『사략』인가?"

선생님이 다시 물으셨다.

나는 그렇다고 머리를 끄덕였다.

"『맹자』도?"

나는 또 머리를 끄덕거렸다.

"그럼『중용』도 벌써 읽었겠구나."

"네, 그것도 읽었습니다."

"참으로 많이 읽었구나!"

선생님은 책장에서 책 한 권을 꺼내 와서는 내 앞에 펴 놓으셨다.

"이걸 한번 읽어 봐라!"

나는 그 책을 읽었다.

"이것을 모두 이해할 수 있겠니?"

잠시 머뭇거리다가 나는 그렇다고 대답했다.

"이 말은 무엇을 뜻하니?"

선생님은 '미국'이라는 글자를 짚으면서 물으셨다.

"혹시 영국 근처에 있는 나라가 아닌가요?" 하고 나는 말했다.

나는 사람들이 유럽에 관해서 이야기할 때, 이 두 이름을 자주 인용하는 것을 들었다.

송 선생님은 한참 생각하시다가 나를 2학년으로 배정해 주셨다.

아버지는 나를 한 번 더 보지도 않고 가 버리셨다. 교장실에는 아무도 없었다. 아버지는 나 자신에게 스스로의 운명을 맡겨 두었던 것이다.

첫날에는 하늘에 관해서 배우지 않았다. 자연 시간에는 네 마리의 말이 서로 반대 방향으로 끄는 공에 대해서 배웠다. 그리고 긴 유리관 속에 동전과 깃털을 한쪽 끝에서 다른 쪽 끝으로 떨어뜨리며 관찰했다. 다음 한 시간은 산수를 배웠다. 두 번씩이나 체조를 해야 했다. 오후에는 다시 유리관을 관찰하였다. 눈앞에 갖다 대고 들여다보면, 그 속에 있는 모든 물건이 화려한 색으로 빛났다.

해가 졌다. 우리 반 학생들은 모두 교문 밖으로 몰려 나갔다. 그러나 나는 다시 송 선생님에게 불려 갔다. 나는 교과서 두 권과 책가방과 연필 몇 자루와 석판을 받았다. 어떤 상인이 나를 위해서 가져온 것이라고 했다. 나는 책들을 보았다. 하나는 '서양사'라고 적혀 있었고, 다른 책은 '자연법칙'이라고 적혀 있었다. 나는 책을 펴서 한 장씩 훑어보았다. 자연책에는 그림이 가득 실려 있었다. 저울, 유리관, 돛을 단 배, 유럽의 기선 등이 그려져 있었다. 그러나 오늘 배운 공은 없었다.

송 선생님은 내게 시계가 있냐고 물으셨다.

"없습니다." 하고 나는 대답했다.

"그럼 아버지는 갖고 계시지?"

"아니요."

"그거 안됐구나." 하고 선생님은 안타까워하며 말씀하셨다.

"너는 새 시간 보는 법을 아니?"

"열두 시간 말입니까?"

"그래, 그러나 열두 시간이 두 번이다. 오전 오후에 각 열두 시간씩. 내일부터 아침 여덟 시에 학교에 와야 한다. 오늘 아침에는 여덟 시가 될 때, 해가 남쪽 운동장 벽에 걸려 있었다. 하여튼 아침밥을 먹으면 곧장 학교로 와야 해."

나는 계속 자연책을 보고 있었다.

"이 책에는 공이 없는데요."

나는 한참 있다가 여쭈었다.

"어떤 공 말이냐?"

"말 네 마리가 끄는 공이요."

"그것은 옥 선생님에게 여쭈어보아라. 나는 역사만 가르친단다. 이제 그만 집으로 가거라. 날이 벌써 어두워져 집에서 부모님이 기다리실 거야."

아버지의 사랑방에는 우리 집안의 남자들과 여자들 여럿이 모여 앉아 있었다. 그중에는 어머니와 둘째 누나도 있었다. 사람들은 모두 내 책과 가방, 연필을 자세히 구경했다. 그동안 나는 아버지의 진짓상에서 남은 음식을 먹었다.

그들이 각기 제 방으로 돌아가고 아버지와 내가 잠자리에 들었을 때, 아버지는 오늘 무엇을 배웠느냐고 물으셨다.

"아주 많은 것을 배웠어요, 아버지."

"유럽에 관해서도 배웠느냐?"

"네, 그런데 좀 이상했어요."

"어떤 이야기였는지 들어 보자."

아버지는 성급히 말씀하셨다.

"잘 설명할 수 없어요. 선생님이 말씀하신 것을 주의 깊게 들었는데도 이해가 되질 않았어요. 선생님은 네 마리의 말이 공 하나를 반대 방향으로 끌고 간다고 설명하셨어요. 그리고 오후에는 유리관을 관찰했어요. 교정의 여러 가지 돌과 사람들의 옷, 지붕의 기왓장 등 모든 것에 그 유리관을 갖다 대고 들여다보면 온갖 색으로 곱게 빛났어요. 그런데 왜 그런지 잘 모르겠어요. 아버지께서 좀 설명해 주시겠어요?"

"그것이 유럽에서 온 것이라던?"

한참 동안 잠자코 계시던 아버지가 물으셨다.

"네, 그런 것 같아요."

"어느 선생님이 보여 주시더냐?"

"옥 선생님이라는 것 같아요."

"그리고 또 무슨 말을 하시더냐?"

"햇빛이 그렇게 갈라진다고 하신 것 같아요."

"햇빛이 갈라진다고? 빛이 갈라져?"

아버지는 반복해서 중얼거리기만 하셨다.

잠시 후에 아버지는 남포등에 불을 켜고 방구석에 있는 나지막한 책장에서 책들을 꺼내 오라고 하셨다. 이 책은 아버지가 서울에서 얻은 것이었다. 거기에는 유럽에 관한 많은 정보가 담겨 있었다. 아버지는 책을 다 보시고 나서 다시 책장에 꽂으라고 하셨다.

"너 학교에서 좀 더 주의 깊게 들어야겠다."

아버지는 실망해서 말씀하셨다.

"그만 불을 끄고 자거라."

"오늘은 정말 기분이 이상했어요."

내가 다시 말을 꺼냈다.

"학교의 모든 게 아주 낯설었어요. 오랫동안 무섭기도 했어요. 학교가 제 마음에 안 들 것 같아요. 이제까지 제게 익숙했던 것과는 모든 게 너무 달라서 그런가 봐요."

아버지는 오랫동안 잠자코 계셨다.

"그래서 힘들더냐?"

아버지는 한참 뒤에야 물으셨다.

"그런 것 같아요. 옛날에 집에 있던 서당이 생각났어요."

"내 곁으로 가까이 오너라."

아버지는 내 손을 끌어당기셨다.

"너 아직 소동파의 시를 외고 있을 테지?"

내가 작년에 배웠던, 소동파 시인이 배를 타고 가며 지었던 시였다.

"한번 읊어 봐라."

나는 막히지 않고 한 번에 읊었다.

"너 영탄가를 읊을 수 있니?"

나는 그것도 쉽게 해냈다. 오십 절이 끝나기까지 오랜 시간이 걸렸다.

"어때, 이젠 네 마음이 좀 진정되었니?"

아버지가 물으셨다.

나는 그렇다고 대답하고 내 이부자리로 돌아갔다.

"내일 또 학교에 갈 거냐?"

"네, 아버지가 원하신다면……."

시계

　내 옆자리에 앉은 기섭이는 아주 잘생기고 영리한 학생이었고, 무엇이든지 잘 아는 것 같았다. 그는 잘 알아듣지 못해 풀이 죽어 있는 나를 무척 동정하는 듯했다. 나는 자연은 거의 아는 게 없었고, 산수는 더 형편없었다. 그는 가끔 내 빈 공책을 들여다보고는 몇 자씩 을 적어 주었다. 어려운 산수 문제의 답이라도 알려 주려고 한 것이었다. 그러나 그것도 도움이 되지 못했다. 왜냐하면 나는 그 답이 어떻게 해서 나왔는지 알 수가 없었기 때문이었다. 그래서 나는 하루 종일 기가 죽어 앉아서는 저녁이 되기만을 기다렸다. 집으로 돌아오는 길에서도 나는 자연 시간에 조금 알아들은 것과, 유럽에 관해서 들은 새로운 것들을 아버지에게 이야기해 드리기 위해 곰곰이 머릿 속으로 정리해 보았다. 아버지는 아무리 사소하더라도 새로운 것이라면 기쁘게 들으셨다.

　나는 들은 것을 모두 빼놓지 않고 이야기했고, 조금이라도 유럽에 관한 것은 다 아버지에게 가져다드렸다. 유럽 글자가 적힌 종잇조각이며, 고층 건물이나 철교, 탑 사진 등, 이 모든 것을 아버지는 오랫동안 세밀히 살펴보곤 하셨다.

휴식 시간이나 방과 후에 몇몇 아이들이 운동장에 모여서 유럽의 여러 나라와 그들의 뛰어난 학자와 학문에 대해 이야기를 하고 있었다. 그런데 그 이름들이 너무 낯설어 기억하기가 어려웠다.

반 친구인 복술이는 어느 부유한 중국인이 유럽의 한 현인을 방문한 이야기를 하고 있었다. 이 부자는 아주 비싼 다이아몬드 반지를 그만 뜰에 떨어뜨렸다고 했다. 그는 현인과 대화 중, 자기에게 일어났던 불운을 말했더니 현인이 말하기를, "걱정할 것 없습니다. 유럽에서는 아무도 땅에 떨어진 남의 물건을 줍지 않습니다."라고 했다는 것이다. 실제로 이 사람은 창문을 통해 방금 뜰에서 비질을 하던 시종이 처음에는 반지를 손에 들었다가, 뜰을 깨끗이 쓸고 난 다음에 그 반지를 다시 제자리에 갖다 놓는 것을 보았다고 했다.

기섭이는 한동안 유럽에 살았던 중국 황태자에 관해서도 이야기했다. 황태자는 다시 중국으로 돌아가기 전, 작별 인사 겸 그동안의 호의에 감사의 뜻을 전하려고 그 나라의 제일 높은 사람을 찾아갔다. 그는 마침 성 밖에서 자갈이 많은 길을 청소하던 정원사를 만나, 그에게 주인을 만나 볼 수 있겠느냐고 물었다. 그랬더니 정원사는 "내가 바로 이 나라의 대통령입니다. 유럽에는 다른 미개국에서와 같은 그런 주인도 없고 종도 없습니다."라고 대답하더라고 했다.

이 이야기를 듣고 아버지는 무척 즐거워하셨다.

"그것 봐라."

아버지는 기쁨에 차서 말씀하셨다.

"유럽 사람이 바로 진정한 사람이야."

며칠 전 아버지가 주문해서 구입한 큼직한 벽시계가 밤 열두 시를 쳤다. 그 소리는 온 집 안에 울려 퍼졌다. 시계는 고요한 밤에 계속 똑딱거리며 소리를 냈다.

아버지는 아직도 등불 옆에 앉아서 내 교과서를 보고 계셨다.

"유럽에 관해서 더 들은 것이 없느냐?"

"없습니다."

"이 나라들은 누가 다스리는지 말해 주지 않던?"

"아뇨, 그러나 저는 대통령이라고 생각해요. 대통령은 아마 왕일 겁니다."

"응, 그럴 테지."

아버지는 책을 읽다가 깊이 생각하기도 하고, 때로는 미소를 짓기도 하셨다. 그러고는 책을 옆에 펼쳐 놓고 마치 가려진 새 세계를 들여다보려고 하는 것처럼 앞을 응시하셨다.

어느 날 저녁 집으로 돌아가려고 하는데, 교실 문 앞에서 한 아이가 나를 기다리고 있었다. 나보다 상급생인 용마라는 형이었다.

"네가 남문 안에 사는 이 감찰댁 아들이니?"

그가 물었다.

"네, 맞아요." 하고 나는 대답했다.

"오늘 어느 집에 가서 그 집 애를 우리 학교에 보내도록 권유하려고 해."

나는 전에 신식 학교의 학생들이 마을을 돌아다니면서 이 집 저 집 찾아가 그 집 아이들을 신식 학교에 보내도록, 학교의 좋은 점을 말하며 부모님들을 설득한다는 걸 들었다.

"송 선생님이 오늘 저녁에는 우리 둘이서 가래."

내가 주저하는 모습을 보며 용마 형이 말했다.

"저녁 먹고 바로 버들다리로 와. 거기서 만나자. 부모님들에게 보여 줄 교과서도 몇 권 갖고 와."

우리가 강을 끼고 걷고 있을 때에는 날이 이미 어두워졌다. 여울물이 저녁 빛에 곱게 빛나고 있었다.

"너 뉴턴에 대해 아니?"

용마 형이 걸으면서 물었다.

"아뇨."

나는 솔직히 말했다.

"모든 것이 땅으로 떨어진다는…… 중력에 관해서 들어 보았지?"

"아뇨." 하고 나는 다시 솔직히 말하지 않을 수 없었다.

용마 형은 매우 놀란 듯이 나를 쳐다보았다. 그는 내 또래의 아이가 중력에 관해서 모른다는 사실을 이해할 수 없다는 표정이었다.

"지구가 태양 주위를 돈다는 것은 알아요."

내가 말했다.

"좋아. 그것이라도 사람들에게 이야기해라."

그는 웃으면서 말했다.

"그리고 산소에 관해서도 말해야 돼. 물이 산소와 수소라는 서로 다른 두 물질로 구성되어 있다는 걸 이야기해. 우리 선조들은 우주가 음과 양 두 극으로만 형성되었다고 알고 있어. 그러나 서양 사람들은 물, 공기, 바위 등에도 각각 이 원칙이 적용된다고 해."

그의 목소리는 매우 부드러웠다. 말씨는 명확하고 신중했다.

"많은 사람들이 이제 나쁜 시대가 왔다고 해. 그러면 너는 분명히 말해 줘라. 그건 조금도 나쁜 시대가 아니라 아주 새로운 시대라고. 예를 들어 눈이 많은 긴 겨울이 가고 봄이 오듯이, 진달래가 피고 뻐꾸기가 우는 것처럼 새 시대도 그렇게 올 거라고."

우리가 찾아간 집의 아저씨는 붓을 만드는 사람이었다. 그 집의 바깥벽에는 붓을 판다는 큼직한 글씨들이 여기저기 쓰여 있었다. 막돌층계 꼭대기에 왔을 때, 우린 주전자를 손에 들고 내려오던 젊은 부인과 마주쳤다. 그 여자는 우리가 찾아온 목적을 듣고는, 한마디 대꾸도 없이 집으로 들어가 문을 닫아걸었다. 우리가 몇 번이나 문을 두드렸지만 끝내 열어 주지 않았다. 우리는 그 집 앞에 서서 한동안 가까운 계곡에서 쏟아지는 물소리를 듣다가 그냥 돌아오고 말았다.

"너 혹시 집에 나무 상자가 있거든……."

용마 형이 계속 말했다.

"검은 종이로 안팎을 붙여. 이때 한쪽은 그냥 두고 거기에다 흐린 유리를 덮어. 그리고 그 반대 방향에 바늘귀만 한 가는 구멍을 내. 이 상자로 풍경을 내다보면 온갖 나무와 꽃들이 유리에 비치는 걸 볼 수 있을 거야. 다른 사람들에게 그걸 보여 줄 땐 이 상자로 사진을 만든다고 이야기해도 돼."

용마 형은 집에 가서 자기 방에 있는 많은 책들을 보여 주었다. 그중에 몇 권은 유럽식으로 제본되어 있었고, 금박 글자로 장식되어 있었다. 나는 그것들을 감히 만지지도 못했다.

"우리가 먹으로만 글을 쓰고 있을 때, 유럽 사람들은 금촉으로 글을 썼어."

그가 설명해 주었다.

내가 집으로 돌아가려고 하자, 그는 내게 조그맣고 얇은 푸른 표지에 유럽식 제목이 쓰여 있는 책 한 권을 주었다.

"이 책은 진보적인 생각을 가진 사람이라면 모두 읽어 봐야 해. 아버지께도 보여 드려 봐!"

나는 그 책을 받아 들고 재빨리 집으로 돌아왔다.

"에이브라함 링컨, 에이브라함 링컨, 사람의 이름일 테지?"

아버지가 나직이 물으셨다.

"그렇게 알고 있습니다."

아버지는 몇 장 읽어 보고, 책을 앞뒤로 살펴보셨다.

"너는 그만 자거라."

아버지는 나를 처다보지도 않고 퉁명스럽게 말씀하셨다.

"그는 유럽의 현자입니까?" 하고 여쭈었다.

아버지는 그렇다고 고개를 끄덕이셨다.

"공자나 맹자처럼요?"

"아니, 그분들과는 다른 것 같다."

"그럼 우리나라의 율곡 선생님 같은?"

"아니, 전혀 다르다."

아버지는 귀찮다는 표정을 지으셨다. 나는 아버지가 그 책을 다 읽을 때까지 잠자코 기다렸다. 이야기가 무척 흥미로운 것 같았으나, 아버지는 내게 아무 말도 하지 않으셨다. 묵묵히 앉아서 앞에 놓인 책만 골똘히 바라보고 계셨다. 그러고는 담뱃대에 불을 붙여 담배를 피우셨다.

이 유럽 사람이 시인이었을까? 혹은 영웅? 아니면, 나쁜 임금의 충실한 신하였을까? 유럽에도 나쁜 정치를 하는 임금이 있을까?

나는 서랍에서 사진을 꺼내 높은 집과 긴 다리, 뾰족탑 등을 유심히 들여다보았다. 뾰족탑은 어디에 쓰이는 걸까?

괘종시계 소리가 장중하게 들렸다. 마치 구름 사이로 어쩌다가 비치는, 아득히 먼 지혜의 성에서 울려오는 소리처럼 들렸다.

아버지는 손님을 거의 만나지 않으셨다. 아버지는 충분한 휴식이 필요하다고 하셨다. 읍에서 오는 온갖 사무적인 방문객은 젊은 서기인 순필이 접대했고, 우리 농장에서 일하는 농부들은 마름 순옥이가 맞아 의논했다. 사람들은 빈번히 오갔고, 흥정하고 계약을 맺었다. 모든 일은 옛날의 서당이던 바깥채에서만 이루어졌다. 담과 닫혀진 중문으로 따로 분리되어 있는 안채는 하루 종일 적막하리만큼 조용했다.

아침이면 머슴이 뜰을 깨끗이 쓸었고, 저녁에는 구월이가 작은 정원에다 물을 주었다.

아버지를 만나는 사람은 어머니뿐이었다. 어머니는 저녁 식사 후에 구월이와 다른 시종들을 거느리고 와서는 우리와 함께 잠시 앉아 계셨다. 어머니는 아버지와 집안일에 관해서 상의하셨고, 안채에 일어난 일이며, 어머니를 찾아온 여자 손님에 관해서 이야기하셨다. 내가 학교에 관해서 이야기하는 것을 한참 듣고 난 후, 어머니는 문 앞의 대나무 발을 내리고, 남포등에 불을 켜셨다. 그리고 아버지에게 안녕히 주무시라는 인사를 하고 가셨다.

가운데 누나인 어진이 누나는 저녁이면 자주 우리한테 건너와서 이야기를 듣고 갔다. 누나는 우리 학교에 관해서 무척 관심을 가졌다. 내 책들을 호기심 어린 눈으로 뒤적이다가 마음에 드는 곳을 읽기도 했다. 가끔은 다음 날 내가 필요로 하지 않는 책을 자기 방으로 가져가서 자세히 읽기도 했다.

그런데 아버지가 누나에게 신식 학교에 가고 싶으냐고 물으셨을 때, 누나는 깜짝 놀라서 바로 책을 놓아 버렸다.

"왜 그런 말씀을 하세요?"

누나는 당황해하며 그렇게 말했다.

'큰애기'라고 불리던, 제일 큰누나는 이미 시집을 갔다. 제일 어린 셋째 누나는 아버지의 사랑방에 들어오는 것을 아직도 두려워했다.

어느 날 저녁 부모님이 오랫동안 이야기를 나누고 계시고, 나 혼자 안채의 작은방에 있을 때 어진이 누나가 왔다.

"이 책들은 참 이상하구나."

누나는 못마땅하다는 듯이 말했다.

"한자도 없고, 깊은 뜻을 지닌 고전 문구도 없어. 너는 이 책으로 현명해지리라고 생각하니?"

"그러길 바라."

나는 말했다.

"너는 이 책에서 뭘 배우니?"

누나는 거만한 태도로 책장을 넘기며 물었다.

"참 딱하구나. 너는 이미 『중용』도 읽었고, 또 많은 옛 한시를 외울 줄 알고, 심지어 율곡의 일화까지 옮겨 써 보았잖니? 그런데 이제 이런 가치도 없는 책으로 너의 재능을 낭비하고 있잖아."

어진이 누나는 영리했다. 책 읽기를 좋아했고, 많은 일화며 소설들도 제법 읽었다. 어머니도 미처 모르는 고전 문장을 외우기도 했다. 사람들은 우리 남매들 중에서 어진이 누나가 가장 영리하다고 했다. 또 나를 자주 꾸짖는 유일한 누나였다. 누나는 내 글씨가 엉망이고, 내 말은 멋과 위엄이 없다고 꾸짖었다. 그래서 가능하면 나는 누나와의 대화를 피했다.

"새 학문은 달라."

마침내 나는 이야기를 할 수밖에 없었다.

"이 책에서는 매일 수천 리를 달리는 기차를 어떻게 만드는지, 그리고 달까지의 거리를 측정하는 방법과, 전력을 이용해 불을 켜는 방법 들을 가르쳐 줘."

"그러니까 너는 현인이 될 수 없어."

누나는 걱정스러운 말투로 말했다.

"지금은 다른 시대가 온 거야."

나는 말을 계속했다.

"어두운 시대는 가고 밝은 시대가 왔어. 새로운 바람이 우리를 일깨운 거라고. 이젠 긴 겨울이 가고, 새봄이 온 것이라고 사람들이 말하고 있잖아."

누나는 내 말은 거의 듣지도 않고 오랫동안 잠자코 있었다.

"그러면 유럽이란 나라가 도대체 여기서 얼마나 멀리 떨어져 있니?"

"그건 아직 배우지 않았어. 아마 수만 리가 될 거야."

"옛날에 소군 공주가 꽃이 없는 나라에 시집을 갔었는데, 혹시 거길까?"

"아니야, 거긴 오랑캐 나라였어."

"유럽에도 백합이며, 개나리며 진달래 같은 꽃이 핀다고 생각하니?"

"몰라."

"그럼 달빛 아래서 술잔을 기울이며 시를 지을 수 있게 그 고장에도 남풍이 분다고 생각하니?"

"잘 모르겠어."

"너는 정말 아무것도 모르잖아."

누나는 실망한 나머지 딱 잘라 말했다.

방학

 서당에는 여름 방학이 없었다. 날씨가 아주 더워지면 보통 때보다 공부 시간을 조금 줄였을 뿐이었다. 물론 일요일도 없었고, 한 달에 이틀만 놀았다.
 그러나 새 학교에서는 일요일은 휴일이었고, 여름에는 한 달 동안이나 편하게 보낼 수가 있었다. 얼마나 좋은 제도인가!
 아버지도 이 제도를 좋아하셨다. 아버지는 멀리 떨어진 시골에 있는 유명한 훈장님한테 가서 습자를 더 공부하든지, 아니면 아버지 곁에서 한문책을 옮겨 쓰든지, 둘 중 하나를 선택하라고 하셨다. 아버지는 내가 습자 연습을 더 하길 바라셨다. 나는 아버지 곁에 있기로 결정했다. 나는 가는 붓 여러 개와 새 공책을 받았고, 거기에 쌀알만 한 크기의 글자로 채워야만 했다. 매일 아침 원문을 두 쪽씩 배우고, 오전 내내 그것을 옮겨 썼다. 아버지는 내게 많은 글자를 반복해서 연습시키고, 때로는 전면을 다시 쓰게 하셨다.
 오후에는 흰 돌과 검은 돌로 겨루는 바둑이란 고상한 놀이를 배웠다. 희고 고운 바둑돌에서 나는 바닷가의 조개껍데기를 연상했다. 검은 돌은 굵고 둥글며 회색빛이 돌았다. 그것들은 강가에서 주워 온 것 같았다.

내가 흰 돌과 검은 돌을 주의 깊게 살피고 있을 때 아버지는, "자, 검은 돌을 쥐어라." 하고 말씀하셨다.

"네 힘껏 판에다 세게 놓아 봐라."

나는 그렇게 했다. 바둑판이 그려진 그 상자에서 맑고 은은한 소리가 오랫동안 울렸다. 바둑판의 내부에 용수철이 많이 감겨 있어서 그렇다고 아버지가 설명해 주셨다.

"상대방이 바둑돌을 놓거든……."

아버지는 계속해서 말씀하셨다.

"소리가 멈출 때까지 기다려라. 그런 다음 너의 돌을 놓되, 절대 경솔하게 놓지 말아라."

나는 덤으로 스무 집을 받고 대국을 시작했다.

"천천히!"

내가 돌을 쥐고 유리하게 보이는 곳에 놓으려고 서두르면, 아버지는 이렇게 말씀하셨다.

"항상 먼저 생각해라. 상대방의 약점으로 보이는 것이 때론 착각일 수가 있다."

언젠가 아버지는 바둑은 원래 인간에게 속한 놀이가 아니라, 산에서 내려와 세월 가는 줄 모르고 하던 신선의 놀이라고 말씀해 주셨다.

"너는 아이들이 경주할 때처럼 그렇게 성급하게 바둑을 두는 신선을 상상할 수 있니?"

"아니요. 신선은 아주 고상하지요."

"신선 세계에 잘못 들어갔다가 그들이 두는 바둑 놀이를 구경하고 돌아온 나무꾼 이야기를 들어 보았지? 그 나무꾼이 집에 돌아와 보니 도끼가 썩어 있었다는 거야. 시간을 초월한 신선들의 그 바둑 놀이는 지상의 인간이 하기엔 너무 긴 시간이 걸린다는 뜻이지."

우리는 바둑을 두고 또 두었다. 찌는 듯한 더위가 가시고 오후가 되면, 나는 바둑판을 들고 정원으로 내려가 그늘진 나무 밑에다 놓아야 했다.

우리는 바둑판을 사이에 놓고 돗자리 위에 앉았다. 나는 계속 지기만 했다. 그러나 언젠가는 한 번 이기리라는 굳은 신념을 버리지 않았다. 정원 가득 어둠의 그림자가 드리울 때, 구월이가 저녁밥이 준비되었다고 부를 때까지 계속 두었다.

어머니가 아버지를 문안하는 저녁때면 나는 자주 용마 형에게 끌려 나갔다. 우리는 종종 학생들을 모집하러 다녔고, 이따금 상점을 구경하며 시내를 쏘다니기도 했다. 우리는 큰길을 따라 동문까지 산책하였고, 거기서 일본 상점도 구경할 수 있었다.

나는 우리나라 사람들이 예부터 '왜놈'이라 부르고, 윤리적인 인간으로 취급하지 않았던 일본 사람들에 관해서 그다지 아는 게 없었다. 그러나 용마 형은, 일본은 이제 유럽 사람들로부터 많은 것을 배우고 나라를 개혁했기 때문에 문화국으로 간주해야 한다고 했다. 실제로 일본 상인들은 유럽에서 들여온 듯한 이상한 물건들을 팔고 있었다. 대부분 과자와 남포등, 석유와 인형, 장난감 등이었다. 어느 한 상점 앞에는 못이 많이 박힌 커다란 널빤지가 비스듬히 세워져 있었다. 사람들은 동전 한 닢을 내고 경사진 판에 공을 굴려 내렸다. 공은 아래에 가서 어떤 숫자를 가리켰다. 최고의 상품은 괘종시계였고 일본 상인은 언제나 그것을 외쳐 댔다.

"한번 와서 해 보시오. 자, 괘종시계를 탈 수도 있어요. 아라, 아라, 아라! 내 시계 잃어버렸네."

또 다른 상점에서는 자전거를 팔기도 하고, 세를 놓기도 했다. 용마 형은 다른 곳보다 이곳에서 오랫동안 서서 자전거를 유심히 살펴보았다. 그는 독특한 물건이니까 틀림없이 유럽에서 왔을 거라고 말했다. 그는 한참 동안 다른 아이들을 바라보다가 나에게, "나도 한번 타 볼까?" 하고 물었다.

"점잖지 못한 것 같아……."

나는 이상한 장난감이 정말로 유럽에서 온 것인지 잘 알지도 못하면서 말했다.

"형은 그래도 선비집 아들이잖아요."

그는 고개를 끄덕였고, 잠시 생각하다가 계획을 단념하고 말았다.

모든 상점들은 밤늦게까지 환하게 불을 밝히고 있었다. 물건 파는 사람들은 돗자리를 깔고 가게 앞에 나와 앉아 있었다. 한국 사람들과는 달리 그들은 검정 옷을 입고 있었다. 그 검정 옷감에는 눈송이

같은 흰무늬나, 단순한 선 또는 점무늬가 박혀 있었다. 조잡스러운 일본 글자를 등에 달고 다니는 사람도 많았다. 아무도 고상한 흰옷을 입지 않았고, 신도 신지 않았다. 그들은 발을 안쪽으로 밟으며 '게다'를 끌고 다녔다. 상인들 중에는 여자들도 있었다. 그들 모두 시종인 것처럼 가마도 타지 않고, 심부름꾼도 없이 시가지를 걸어 다녔다. 이들은 모두 최하층민들이거나,

너무 가난해서 자기 아내마저도 장사꾼으로 거리에 내보내야만 했는지 모른다.

나는 이 사람들의 고향이나 이들이 사는 마을과 도시에 관계되는 사진을 한 번도 구경해 보지 못했다. 용마 형도 거기에 관해서는 별로 아는 바가 없었다. 그는 다만 일본이 개화되어 기차와 기선을 많이 가지고 있다는 말만을 되풀이했다.

"사람들의 말에 의하면, 지금 세상에는 여섯 개의 문화국이 있다고 해."

그가 언젠가 내게 말했다.

"그 나라들은 영국·미국·프랑스·독일·러시아·일본이야. 그런데 일본은 남의 흉내만 냈기 때문에 사람들이 꼴찌에다가 걸어 놓았어."

"그럼 우리나라는 어디에 속하죠?"

나는 놀라서 물었다.

"우린 문화국이 되려면 아직 멀었어."

그는 힘없이 말했다.

"아직도 우리나라엔 기차가 너무 적어."

"그럼 중국은?"

나는 다시 물었다.

그는 오랜 침묵 끝에 입을 열었다.

"중국 사람은 너무 보수적이야. 전에 비단 장수 유 씨에게 상투는 구식이니 깎는 게 좋겠다고 말했다가 욕만 실컷 얻어먹었거든. 그 노인이 머리끝까지 화가 나서, 아마 내가 재빨리 도망치지 않았더라면 뺨을 얻어맞았을지도 몰라. 남산 뒤에 사는 야채 장수도 아주 구식이야. 언젠가 그에게 뭘 좀 아는가 보려고 내 교과서를 보여 준 일이 있었지. 그리고 내가 한자로 중국이 유럽 문화를 받아들이려 하느냐고 물었더니, 그는 웃으면서 손을 내저었어. 그러고는 담뱃대로 땅바닥에다 이렇게 쓰는 거야. '유럽은 오랑캐 나라다. 그곳에는 공자가 가르치는 윤리 도덕이 전혀 없다.'"

'보수적'이라는 말은 별로 좋게 들리지 않았다. 나는 그 말이 '바보' 또는 '완고'를 뜻하는 것으로 이해했다. 중국 사람들이 실제로 그렇게 보수적이라면 그건 정말 유감이었다. 나는 중국이 왠지 아름답고, 부드럽고, 훌륭한 나라로 여겨졌기 때문이었다. '양자강'이나 '동정호(둥팅호)', '서주(쉬저우)' 혹은 '항주(항저우)'라는 말을 듣기만 해도, 또는 '소동파'나 '도연명'의 시 몇 구절을 읊기만 해도 내 앞에는 황홀한 세계가 펼쳐졌다.

셋째 누나와 어진이 누나도 중국 소설을 많이 읽은 까닭에 역시 그렇게 생각했고 그렇게 느꼈다. 그들도 양자강 계곡의 아침 안개나 달빛에 반짝이는 요양 숲을 직접 보지는 못했어도, 저 훌륭한 중국을 다른 어느 나라보다도 좋아했고, 심지어는 그들이 '동방의 작은 나라'라 부르는 우리나라보다도 더 좋아했다.

여름 방학이 끝날 무렵, 우리는 낯설지만 흥미로운 밤을 보냈다. 저녁 식사 후에 나는 기섭과 '호랑이'라는 무서운 별명을 가진 친구에게 끌려 나갔다. 그들은 학교에 빨리 가야 한다고 했다. 오늘이 임금인지 왕비인지 어느 귀인의 생일이어서, 학생들이 시가행진을 한다는 것이었다.

우리가 학교에 도착했을 때, 벌써 이백여 명이나 되는 학생들이 운동장에 집합해 있었다. 체조 선생님이 오셔서 키 순서대로 넉 줄로 서라고 했다. 용마 형은 우리 중에서 제일 컸기 때문에 맨 앞줄에 섰고, 반대로 나는 거의 맨 끝에 기섭이와 나란히 섰다. 우리는 질서 정연하게 행진하여 마을 사람들과 다른 학교 학생들이 보고 놀라게 하라는 긴 연설과 훈계를 들었다.

해가 지고 점점 어두워졌다. 우리는 제각기 촛불 초롱을 밝혀 들고 교문 밖으로 나갔다. 북과 나팔 소리에 맞추어 애국가를 부르면서 종각 거리로 행진해 나갔다. 남쪽과 동쪽에서도 똑같이 노래하며 초롱을 든 학생 대열이 행진해 왔다. 이 두 학교 모두 올여름에 생긴 신식 학교였다. 기섭이의 말에 따르면, 그중 하나는 선교사들이 설립했다고 했다.

이 세 학교가 합류해서 종횡으로 시내를 행진하였고, 마지막으로 '삼문'을 통하여 관청에 도착했다. 이 건물의 넓은 마당은 빛의 바다처럼 환히 빛나고 있었다. 매우 장엄한 느낌이 들었다. 전에도 여기에서 많은 축제가 거행되었다. 그러나 나는 옆문을 통해 작은 마당까지밖에 들어가지 못했었다. 거기에서 나는 다른 마당의 불꽃 장식을 구경하고, 아름다운 음악도 들었다. 이제 대열은 다시 움직이며 거대한 '삼문'을 지나 많은 관사를 끼고, 연못에 정자가 있는 뜰로 나왔다. 거기에서 고을 목사가 우리를 직접 맞아 주었다.

우리는 왕실의 상징 무늬인 오얏꽃 모양의 커다란 연못 주위에 늘어섰다. 수많은 초롱불이 물에 비치었다. 그때 우리 도에서 제일 높은 목사가 정자 앞에 나타났다.

그는 새 시대를 재빠르게 인식한 우리의 현명한 판단을 칭찬했다. 그리고 우리 조국이 비록 작은 나라이지만, 선조들은 고귀한 문화를 창조하고 발전시켜, 그것을 일본에 전파하였다고 말했다. 그러나 이제 일본이 선두에 서서 우리나라를 개혁하도록 도와주겠다고 하는 실정이기 때문에, 우리도 동쪽의 이웃 나라 일본처럼 발전하기 위해 모두 열심히 노력해야 한다고 했다.

우리는 우리의 조국과 임금을 위해서 열광적으로 '만세'를 불렀다.

축제가 끝날 무렵, 우리는 새 문화에의 관심과 인식에 대한 상으로 연필 열두 자루와 공책 두 권씩을 받았다.

우리는 만족해서 집으로 돌아왔다. 정말 인상적인 밤이었다. 우리가 적은 민족이고, 작은 나라라는 것은 사실이지만, 그보다 더 중요한 것은 우리가 현명하다는 것이었다. 저 크고 위대한 중국도 일찍이 우리의 선조들이 현명하였기 때문에 우리를 '작은 중국'이라고 불렀던 것이다. 일본에 문자와 철학, 종교와 건축, 그밖에 많은 것을 전해 준 나라가 바로 우리 아닌가! 신문명을 받아들이는 데에는 일본보다 조금 뒤지기는 했으나, 그것은 걱정할 일이 아니었다. 우리는 목사가 이야기한 것처럼 매우 영리한 민족이었다. 그의 말은 우리의 사기를 올려 주었다.

정말 너무너무 멋진 밤이었다.

옥계천에서

가을에는 수업 시간이 더 길었다. 지리와 세계사도 새로이 배우기 시작했으나, 교과서가 없어서 칠판에 쓴 것을 일일이 받아 적어야 했기 때문이다. 교문을 나설 때면 날은 이미 어둑어둑하고 공기가 차가웠다.

어느 날 저녁 늦게 구월이가 마중을 나왔다. 오늘은 혼자 다니면 안 된다며 어머니가 마중 보냈다고 했다. 거리에는 많은 일본 병정들이 돌아다녔고, 그들은 심지어 일반 민가에까지 침입하기도 했다.

일본 사람들은 적으로서가 아니라 친구로서 우리를 돕기 위해 왔다는 말을 종종 들어 왔지만, 어쩐지 불안한 생각이 들었다. 우리는 서둘러 집으로 왔다. 나는 일본 병정에 관한 이야기를 듣기만 해도 겁이 났다.

"아버지께선 무슨 말씀을 하시던?"

내가 구월이에게 물었다.

"나는 잘 몰라."

"그럼 어머니는 뭐라고 하시던?"

"곧 전쟁이 날 거래."

"순옥이는?"

"이젠 세상이 끝장날 거래."

우리는 걸음을 빨리했다. 남문은 시커먼 밤하늘에 입을 딱 벌리고 우뚝 서 있었다. 큰 거리는 다른 날보다 더 컴컴했다. 길에는 그렇게 많던 과일 장수 하나 눈에 띄지 않았다. 그들은 보통 때 남폿불을 켜 놓고 늦참외며, 호박이며, 배며, 떡 등을 팔고 있었다. 언제나 소리 높여 노래를 부르던 엿장수도 보이지 않았다.

집에서는 사람들이 그날 사건을 두고 흥분해서 이야기하고 있었다. 거리마다 골목마다 병정들이 들끓었고, 많은 집들이 수색을 당했다. 순옥이는 큰길 건너편에 있는 빵집으로 세 명의 군인이 들이닥치는 것을 직접 보았다고 했다. 그러나 어느 누구도 그들이 무엇을 찾고 있는지 몰랐다. 왜냐하면 그들의 말을 알아듣는 사람도 없었거니와, 그들 근처에는 아무도 얼씬거릴 수가 없었기 때문이었다. 사람들은 그저 우리 고을에 무슨 나쁜 일이 들이닥칠 것이라고만 짐작하고 있었다.

부모님은 이날 밤늦게까지 이 일을 의논하셨다. 어머니는 성숙한 어진이 누나와 가장 어린 나를 먼저 안전한 곳으로 보내자고 하셨다. 가택 수색이 무엇을 의미하는지 정확히 몰랐던 아버지는 여기에 동의하지 않으셨다. 병정들이 죄 없는 백성을 해치지는 않을 것이라며, 겁먹지 말라고 하셨다. 그들에게 저항하지 말고, 그들이 무엇을 가져가든지 그냥 내버려두라고 하셨다. 그리고 무슨 이유가 있어 임금님이 그들을 직접 보냈을 거라고 말씀하셨다.

마음이 쉽게 진정되지 않으셨던 어머니는 나에게 며칠 동안은 집 밖으로 나가지 말고, 내키지는 않으나 안뜰 동쪽에 있는 골방에서 자라고 하셨다. 나는 아버지 말씀을 듣고 두려워하지는 않았으나, 순순히 어머니의 뜻을 따랐다.

다음 날 오후, 무기를 든 네 명의 병정이 우리 집 온 뜰 안을 어슬렁거렸다. 그들은 호기심에 차서 방이며 다락이며 창고 할 것 없이 모조리 뒤졌으나, 아버지 말씀처럼 우리를 성가시게 굴지도 않았고, 아무것도 빼앗아 가지 않았다. 그래서 식구들은 일단 마음을 놓았다.

나는 다시 학교에 갈 수 있었다. 병정들의 눈을 피해 이 마당 저 마당으로 도망 다녀야 했던 어진이 누나만 오랫동안 마음이 심란해 있었다.

가택 수색은 자주 반복되었는데, 거의 매일 심지어는 하루에 두 번씩 되풀이되는 일도 있었다. 병정들은 이른 아침에 들이닥치는가 하면, 저녁에도 불쑥 안채에 들이닥치는 바람에 부인들이 깜짝깜짝 놀라는 일도 있었다.

이 무렵 불길한 소문이 돌기 시작했다. 농부와 사냥꾼들, 그리고 많은 젊은이들이 여러 곳에서 모여 일본의 침략에 대항하여 싸우고 있다는 것이었다. 그래서 일본군들이 우리 고을에 무기가 저장되어 있을 것으로 짐작하고 계속 가택 수색을 한다는 것이었다.

아버지는 처음에 그것을 하찮은 소문으로 대수롭지 않게 여기셨다. 그러나 결코 소문만은 아니었다. 우리는 일본군들이 점점 더 중무장을 하고 북문으로, 서문으로 행진하는 것을 보았다. 그들은 군가를 부르면서 행진해 나갔다가는 다시 군가를 부르며 시내로 돌아왔다.

나중에는 포로를 끌고 왔다. 아주 무서운 광경이었다. 피가 나도록 얻어맞고 무거운 쇠사슬에 묶여 끌려가는 사람은 우리 농부들이었다. 그들의 얼굴은 알아볼 수 없게 엉망으로 일그러져 있었다. 나는 지금껏 쇠사슬에 묶이고 얻어맞아서 피투성이가 된 사람을 본 적이 없었다. 가슴이 부르르 떨렸다. 공포에 질려 온몸에 식은땀이 흘러내렸고, 집으로 돌아오는 동안 몸은 열이 나서 불덩이가 되었다.

어머니는 당분간 나를 학교에 보내지 말고 잠잠한 시골로 보내자고 하셨다. 어린 나에게 그러한 광경을 보여서는 안 된다는 것이었다. 아버지는 어머니와 오랫동안 의논했으나 동의하지 않으셨다. 아버지는 머슴과 마름을 우리 농지의 농부들에게 보내어 일본인들과 문제가 생기지 않도록 주의시키라고 이르셨다. 나에게도 행진하는 군인들을 절대로 쳐다보지 말라고 말씀하셨다. 철없는 아이나 호기심에 차 그들의 얼굴을 보려 한다고도 하셨다.

전쟁은 더욱더 잦았고 심해 갔다. 겨울과 봄 내내 포로들이 도시로 끌려왔다. 그중에는 여자들도 몇 명 끼어 있었다.

초여름 우기로 접어들자 좀 조용해졌다. 가택 수색도 완전히 중단되었다. 장맛비가 아침부터 저녁까지 내렸다.

어느 날 저녁 기섭이가 찾아왔다. 그는 창백하고 여위어 보였다.

"너 그 이야기 들었니?"

그가 나에게 물었다.

"아니, 무슨 이야기?"

그는 잠시 잠자코 있었다.

"나는 우리가 사기당했다고 생각해."

그는 말을 계속했다.

"우리나라가 합병당했어."

"일본한테?"

"물론 일본한테지."

"어디에서 들었니?"

"시간이 있거든 나중에 남문으로 가서 벽에 붙은 공고문을 읽어 봐. 대신 조심해. 그곳에 병정이 서 있으니까, 욕을 하거나 그것을 찢어서는 안 돼."

저녁을 먹은 후 나는 구월이를 데리고 남문으로 갔다. 실제로 그곳에는 인쇄된 큰 종이가 붙어 있었고, 두 개의 남폿불이 그것을 비추었다. 주위는 쥐 죽은 듯이 고요했다. 성문이나 큰 길가에는 사람의 그림자도 보이지 않았다. 두 개의 남폿불만이 어둠 속에서 팔락거리고, 총을 든 병정 한 명이 이 공고문 옆에 조용히 서 있었다. 나는 조심스럽게 공고문 가까이 가서 임금님의 옥새가 찍힌 것을 보았다.

진짜 임금님의 글이었다. 태어나서 처음으로, 그리고 마지막으로 읽은 임금님의 글이었다. 그 글은 나의 마음을 뭉클하게 만들었다. 오백

여 년 동안 우리를 보호하고 있던 왕조의 마지막 작별의 글이었다. 그 글을 다 읽었을 때, 구월이가 와서 성문 밖으로 내 손을 잡아끌며 물었다.

"뭐라고 적혀 있니?"

구월이는 글을 전혀 읽지 못했다.

"임금님이 물러나셨대."

"영원히?"

"응, 영원히."

"왜 물러나셨는데?"

"나도 잘 모르겠어."

집에 돌아와 나는 아버지에게 그 글의 내용을 빠뜨리지 않고 전부 이야기해 드렸다.

아버지는 아무 말씀 없이 주의 깊게 들으셨다.

"앞으로 일이 더 악화될까요?"

아버지는 나를 쳐다보고 잠자코 계셨다.

집안사람들 모두 말이 없었다. 바깥채의 남자들도, 어머니와 누나들도 모두 침묵만 지켰다.

밤이 깊었는데도 부모님과 순옥이는 술잔을 앞에 놓고 지난 왕조의 임금님에 대한 이야기를 나누었다. 아버지는 전 왕실이 우리를 보호하기에는 너무나 약해졌다고 하셨다. 새 임금이 통치할 때까지 조용히 기다리는 수밖에 없다고 하셨다. 아버지는 나에게 걱정 말고 계속해서 학교에 다니고, 세상일에 관해서는 관심을 두지 말라고 주의를 주셨다.

그해 가을에 사람들은 성곽과 성문, 낡은 관청의 청사를 모조리 허물고 좁은 길을 넓히기 시작했다. 상점과 집들도 헐리었다. 파내어진 구들장들이 흙 쓰레기 더미에 쌓였고, 옛길도 쓰레기 더미로 변해 학교를 오고 가는 길이 고생스러웠다. 사람들은 밤낮으로 미친 듯이 일했다. 여기저기에서 두들기고, 망치질을 하고, 톱질을 하여 먼지가 자욱이 일었다. 사람들은 소리를 질러 대며 명령하고 싸우고 야단이었다. 나는 집에 들어가 문을 닫고 나서야 마음이 가벼워졌다.

우리 집 바깥채도 불안해지기 시작했다. 계속해서 사람들이 오고갔다. 행상인과 거지들이 늘어났다. 쫓겨난 농사꾼, 파면당한 벼슬아치, 피난민, 이곳저곳으로 떠돌아 헤매는 방랑객들이 묵고 가기를 원했다. 순옥이는 그들을 하룻밤만 묵게 하고, 다음 날에는 다시 길을 떠나게 했다. 그리고 이 집은 밖에서 보는 것만큼 그렇게 재산이 많은 집이 아니므로 다른 데로 가서 적선을 받으라고 이르곤 했다. 이런 일이 겨울 내내 반복되었다. 거지와 방랑객은 날이 갈수록 늘어나기만 했고, 우리 집 사랑방은 언제나 초만원이었다. 순옥이는 집 앞에 앉아서 욕을 해 댔다.

"이 몹쓸 놈의 세상, 이 더러운 놈의 세상!"

그래도 뜰 안만은 아직 조용했다. 오히려 그전보다 더 조용했다. 아버지는 하루 종일 새 규칙과 세금에 대해서 통역을 통해 일본군과

홍정을 하셨다. 그 뒤로는 초저녁만 되면 지쳐서 자리에 누우셨기 때문에 이야기를 오래 하지도 못했다. 내가 학교에 관해 이야기하면 잠깐 듣고는 쉬어야겠다며 불을 끄고 나도 누우라고 하셨다. 아버지는 자주 내 말을 가로채면서 말씀하셨다.

"그만하면 됐다. 잠깐 바람이나 쏘이고 오너라."

나는 내가 아버지를 귀찮게 하고 있다는 것을 깨닫고 잠자코 있었다. 그러나 산책하러 나가기도 싫었다. 파괴된 성벽이며 지붕이 헐린 성곽은 나를 너무나 슬프게 했고, 공포감마저 가져다주었다. 그래서 그냥 집 안에 머무는 것이 더 좋았다. 아버지 곁에 있을 땐 왠지 모르게 아늑한 품에 안겨 보호를 받는 기분이 들었다. 나는 아버지의 핏줄을 이어받았고, 아버지는 나를 돌보아 주기 때문일 것이다.

다시 여름이 되었다. 몹시 무더운 어느 날 오후, 아버지는 옥계천에 가서 시원하게 목욕할 생각이 없냐고 물으셨다. 나는 좋아서 얼른 그러자고 했다. 옥계천은 노목이 울창하게 뻗어 있는 조용한 계곡에 자리 잡은 아름다운 시내였다. 그 나무 그늘에서 나는 서당에 다니던 어린 날들을 보냈다.

구월이는 술과 과일을 담은 작은 상과 돗자리를 들고 앞서갔고, 나는 바둑판을 들고 아버지를 따라나섰다. 거리를 빠져나온 우리는 낯익은 길로 접어들어 골짜기를 지나 낡은 정자가 있는 산성까지 천천히 걸어 올라갔다. 구월이는 그곳에 자리를 만들어 놓고 다시 돌아갔다.

아버지는 내가 바둑판을 펴 놓고 검은 돌 열 개로 선점을 놓고 있는 동안에 주변을 구경하셨다.
"이 험한 일을 겪는 동안에도 여기는 변치 않았구나!"
아버지는 빙그레 웃으며 말씀하셨다.
"이곳은 좀 다른 세상처럼 느껴지지 않느냐?"
"네, 그렇습니다."
사람 소리는 전혀 들리지 않았다. 나무 꼭대기에서 매미만이 시끄럽게 울어 댔고, 계곡에서는 시냇물이 졸졸졸 소리를 내며 흐르고 있었다.
푸른 나무 그늘에는 고요가 깃들이고, 간간이 시원한 산바람이 살랑이며 스쳐 지나갔다.
나는 아버지의 잔에 술을 따랐다.
"만수무강하십시오."
내가 어른들이 하는 말을 흉내 내어 말했다. 아버지는 그냥 웃기만 하셨다.
"시조를 읊어 본 적이 있느냐?"
"없습니다. 제가 감히 어떻게 할 수 있겠습니까?"
"어디 한번 해 보아라!"
아버지는 '부드러운 남쪽 바람'을 읊으셨다. 그것은 기생들이 권주가로 부르던 어려운 옛시조였다. 아버지가 이렇게 아름다운 옛시조를 읊으시리라고는 생각도 못 했다. 나는 말문이 막혀 그냥 듣고만 있었다. 감히 아버지를 따라 읊을 용기가 나지 않았다.

아버지는 바둑판을 내려다보시며, "아직도 열 점씩이나 선점을 놓느냐?"라고 언짢게 물으셨다.

나는 주저하면서 두 점을 다시 떼고 속 담장만 내 돌로 놓아두었다. 아버지는 두 점을 더 떼어 버리시고는, "여섯 점 선점으로도 충분히 이 늙은 아버지를 이길 수 있을 것이다." 하고 웃으면서 첫 돌을 놓으셨다.

물론 내가 첫판을 깨끗이 졌다.

"그럼, 여덟 점을 놓으렴!"

나는 또 지고 말았다.

아버지는 나를 안됐다는 듯이 바라보셨다.

"그동안에 많이 잊어버렸구나. 좋든 나쁘든 두 점을 더 놓아야겠다."

"저는 괜찮습니다."

그렇게 말하고 나서 열 점을 먼저 놓고 계속해서 두었다.

"이제 그만 두자!"

내가 돌을 불리한 자리에 놓는 것을 보고 아버지가 갑자기 말씀하셨다.

"이젠 옷을 벗고 물에 좀 들어가거라."

실망하시는 아버지를 보면서 나는 죄송스러운 마음이 들었다.

"호랑이도 종종 개에게 물린다는 이야기를 아시지요."

나는 아버지를 위로하려고 그렇게 말했다.

"이젠 됐다. 이리 오너라. 옷을 벗고 내 앞에 똑바로 서 보거라! 부

끄러워할 필요 없다."

아버지는 나를 두루 살펴보시고는, "무척 말랐구나." 하고 걱정스럽게 말씀하셨다.

"네가 지금 몇 살이지?"

"열세 살입니다."

"어쨌든, 천천히 물에 들어가거라. 이곳 물은 아주 차다."

아버지는 술을 마시며 내가 서툴게 이 바위에서 저 바위로 건너가는 것을 보고 계셨다. 그러고 나서 아버지도 물에 들어오셨다. 아버지는 조심스레 크고 널찍한 바위 아래에 앉아서 물을 몸에 끼얹으셨다. 그러나 일 분도 채 안 되어 물에서 걸어 나오시더니, 갑자기 모래 위에 쓰러지셨다. 새파랗게 질려 온몸을 부들부들 떨고 계셨다. 나는 아버지가 추위하시는 것을 알아채고 재빨리 수건을 가져다가 몸을 닦아 드렸다.

아버지는 차츰 얼굴에 혈색이 돌아와 겨우 몸을 일으키셨다.

"아버지, 괜찮으신가요?"

나는 아버지가 걱정스러웠다.

"아무렇지도 않다. 자, 가서 옷을 가져오너라!"

우리는 옷을 입었다. 나는 여전히 걱정이 되었다. 그런 나를 보고 아버지는, "겁내지 말아라. 나는 아주 오래 살 테니까. 네가 고운 색시를 얻어 내가 손자를 보게 될 때까지는 살 것이다."라고 하셨다.

그러나 이 순간 나는 세상의 어떤 기쁨도 느낄 수 없었다.

"아버지, 이제 그만 집으로 돌아가시죠."

"아니, 그럴 필요 없다."

아버지는 웃으면서 대답하셨다.

"봐라! 다시 좋아지지 않았니. 이 아름다운 자연 속에 잠시 더 있다 가자!"

아버지는 낙조가 비치는 산을 바라보셨다. 산꼭대기마저도 이젠 그늘 속에 잠겼고, 산골짜기에서는 싸늘한 바람이 불어왔다.

"바둑 한 판 더 둘까?"

"싫습니다. 제발 집으로 돌아가시죠."

다행히도 마침 구월이가 우리를 데리러 왔다.

"이 옥계천에는 땅의 힘이 꺾이지 않고 솟아오른다."

아버지는 걸으면서 말씀하셨다.

"여기서 다시 목욕을 하려거든 조심해라!"

아버지는 대문에 들어서자마자 다시 발작을 일으키셨다. 집안 사람들은 의식을 잃은 아버지를 안방으로 모셨다. 나는 밤새 의원을 찾아다녔다.

자정이 조금 지나서 어머니는 나에게 옆에 앉아 아버지의 손을 쥐라고 하셨다. 어머니는 아버지의 다른 한쪽 손을 쥐고 빌기 시작했다. 구월이가 기다란 흰 천으로 아버지의 방에서 대문까지 영혼의 길을 준비하는 동안, 온 집안사람들 모두 빌기만 했다.

상복기

어진이 누나는 조용해졌다. 누나는 전처럼 자주 말을 하지 않았다. 아버지의 죽음이 누나를 변하게 한 것 같았다. 그냥 아무 말 없이 안채에서 일만 했다. 아버지가 살아 계실 때에는 어머니가 남자 근처에는 가지 말라고 주의를 주어도 줄곧 사랑채에 드나들더니, 이제는 아버지 방에도 거의 들어가질 않았다. 다만 어머니가 가을 행차를 하고 안 계실 때, 어머니를 대신해서 모든 일이 잘 되어 가고 있나 보려고 밤늦게 내 방에 오곤 했다. 누나는 그림에 대해서 묻지도 않고, 잘못된 글씨를 나무라지도 않고, 그저 내가 그리고 쓰는 것을 잠시 지켜볼 뿐이었다. 그러고는 부드러운 말씨로, "이제 그만 자라. 어머니가 그러라고 하셨어."라고 말했다.

나는 한밤중까지 책에 매달렸다. 학교 공부는 전보다 훨씬 어려워졌고, 시간도 많이 걸렸다. 일본 말을 배우게 됐고, 모든 교과서가 일본 말로 바뀌었기 때문이다. 역사도 다시 다르게 배워야만 했다. 합방이 되기 전 우리나라에 일어났던 모든 사건들은 삭제되었으며,

우리 민족의 독립적인 역사가 인정되지 않았다. 다만 오래전부터 일본 제국에 조공을 바치는 힘없는 이웃 나라로 간주됐다.

지리나 자연 과학 같은 다른 과목들도 배우기 어려웠다. 교재에 나오는 개념과 표현, 정리법 등이 달라졌기 때문이었다. 일본어 수업에 역점을 두기 위해 이러한 과목의 수업은 단축되었다가, 나중에는 아예 없어졌다. 선생님들은 설명도 자세히 하지 않고, 교재만 한 번 훑어가며 읽고 말았다. 나머지는 모두 우리가 알아서 해야 했다.

기섭이는 가끔 나와 잡담도 하고 내 공부를 도와준 우리 반의 유일한 친구이다. 몸이 아파 몇 주일씩 학교를 쉬기도 했는데, 그래도 여전히 우리 반에서 성적이 제일 우수한 학생에 속했다. 그리고 지치지 않고 나의 수학 공부를 도와주었다. 그는 내 옆에 앉아서 내가 문제를 어떻게 푸는지 보았다. 내가 틀릴 때마다 화도 내지 않고 조용히 웃으면서 고쳐 주었다.

용마 형은 매일 저녁 왔으나 항상 잠시 머물다 갔다. 그리고 매번 내가 학교에서 배운 것 중에서 모르는 게 없느냐고 물었다. 그는 우리들 중에서 제일 영리했고, 경험도 많고, 일본 말도 잘했기 때문에 나를 가장 잘 도와줄 수 있었다. 그는 모든 질문에 정확하고 분명하게 대답해 주었다. 그러나 다른 친구들도 도와줘야 했고, 자기 공부도 해야 했으므로 대개는 일찍 돌아갔다.

만수 역시 우리와 함께 어울렸다. 우리는 일 년 전부터 짝이 되면서 친해졌다. 그는 말솜씨가 좋았다. 가끔 소풍 갔던 얘기도 해 주었고, 특이한 고목이며, 산골짜기에 있는 아름다운 헤엄터며, 그가 고을 주변에서 새로 찾아낸 암자와 탑에 관한 이야기들을 늘어놓았다. 그는 영리하여 무엇이나 쉽게 깨우쳤고, 자연 과학에 관한 여러 가지 지식을 나보다 훨씬 빨리 익혔기 때문에 내게 무척 도움이 되었다.

이렇게 많은 친구들이 도와주는데도 불구하고, 나는 그들을 따라가기 위해서 그들보다 더 많이 공부해야만 했다. 그 이유는 정확히 알 수 없었지만, 전에 서당에 너무 오래 다녀서 새 학문을 배우는 데 아직 익숙지 못한 탓이라고 생각했다. 그 많은 것들을 도무지 이해할 수가 없었다. 예를 들어, 원자, 이온, 에너지와 같은 개념은 거의 이해가 안 됐다. 거기에다 대수학이란 과목은 더 어려웠다. 나는 방정식이 무엇을 뜻하는지 몰랐고, 대수학이 무엇인지 알 수가 없었다. 만수와 기섭이도 대수학에 관해서는 설명을 하지 못했고, 머리 좋은 용마 형마저도 방정식이 나중에 고등 물리학 연구에 적용된다는 것밖에는 말하지 못했다. 나는 혼자 한밤중까지 골똘히 생각에 생각을 거듭했다.

내가 밤늦도록 책과 씨름하는 것을 보면, 어머니는 연필을 빼앗고 책과 공책을 접어 놓고는 어서 자라고 하셨다. 그러나 내가 더 공부해야 한다고 말하면, "그럴 필요 없다. 내 말을 들어." 하고 단호하게 말씀하셨다.

그러던 어느 날 밤, 어머니는 내가 자리에 들어가 누운 뒤에도 한참 동안 내 곁에 앉아 계셨다.

"무슨 과목이 제일 어려우냐?"

어머니가 물으셨다.

"모두 다……."

나는 중얼거리듯 말했다.

"수학, 물리, 화학 모두 다 아직 잘 모르겠어요."

"너무 걱정하지 말거라."

어머니는 한참 있다가 말씀하셨다.

"네가 이 학교에서 능력을 발휘하지 못해도 괜찮다. 우리 모두에게 낯선 이 새 문화가 네게도 맞지 않은 거야. 지난 일들을 생각해 봐라. 넌 얼마나 쉽게 고전과 시조를 배웠니. 너는 정말 총명했어. 너를 그토록 괴롭히는 신식 학교를 그만둬라. 그리고 몸도 회복할 겸 올가을에 시골 송림 마을에 가 있거라. 비록 우리 땅 중에서 작은 땅이지만 소중한 농토란다. 그곳에는 밤나무와 감나무도 있단다. 거기가서 푹 쉬고, 우리 농가와 그들이 하는 일을 익혀 둬라. 너에겐 이 불안한 도시보다 오히려 한적한 시골이 맞아. 너는 옛날 아이야."

나는 슬펐다. 새 학문에 대한 재능이 없지 않은가 해서 두려웠다. 나는 아버지가 인도해 준 이 학문이 우리를 보다 높은 문화로 이끌 거라고 믿었다. 4년간 열중했던 공부를 재능이 없다고 하여 포기하고 학교를 그만두어야 한다니, 마음이 몹시 아팠다.

"그렇게 할 테냐?"

잠자코 누워 있는데, 어머니가 다그쳐 물으셨다.

"물론이에요. 어머니께서 원하시는 대로 하겠어요."

나는 맥없이 대답했다.

"아이고, 기특한 내 자식."

어머니는 방문을 나서셨다.

송림 마을에서

 송림 마을은 멀리 떨어진 한적한 포구 옆에 있었고, 그 해안 입구에는 굴바위들이 많았다. 이십여 가구의 초가집들이 해변과 포구 뒤쪽 깊숙한 곳에 자리 잡고 있었다. 그러나 낮이면 이 마을은 텅 빈 것 같았다. 남자 어른들이나 부인들이나 할 것 없이 모두 언덕 너머 밭에서 일을 하고 있었다. 그들은 이 밭 저 밭 돌아다니며 보리며 밀이며 조 등의 곡식을 베어서 단으로 묶은 다음, 수레에 싣고 집으로 운반해 갔다.
 저녁때면 나는 이 마을의 농사일을 보살피고 감독하는 농부의 집 사랑방인 내 방으로 돌아왔다. 아무 장식도 없는 초라한 흙벽으로 된 방이었다. 방구석에는 대패질도 하지 않은 생나무로 짜 놓은 나직한 책상 하나가 놓여 있었다.
 마을에도 잠깐 동안은 활기가 있었다. 소들이 도처에서 울어 댔고, 어머니들은 해변에서 노는 아이들에게 밥 먹으러 들어오라고 소리쳤다. 그러고는 온 마을이 잠든 것처럼 고요해졌다. 이 집주인만

이 내 방에 와서 잠깐 동안 나와 이야기를 주고받았다. 그는 나에게 제일 따뜻한 아랫목에 누워서 쉬라고 했다. 올가을에 초가지붕을 새로 이는데 새끼줄이 많이 필요하다며, 자기는 불 앞에 앉아서 새끼를 꼬고 있었다. 두툼한 기름불 종지에는 말간 기름이 담겨 있었고, 심지에서 아주 가느다란 불꽃이 피어올랐다. 새끼 꼬는 단조로운 소리와 따스한 방바닥의 온기에 어느덧 나는 잠이 들었다. 내가 눈을 떴을 때에는 불이 거의 다 꺼졌고, 돌다리 아저씨 — 나는 집 주인 아저씨를 그렇게 불렀다 — 는 안 계셨다. 집 안과 온 마을이 쥐 죽은 듯이 고요했다. 다만 해안을 스치며 오가는 밤물결 소리만이 들려올 뿐이었다.

별다른 농사일이 없는 날이면 나는 구경을 그만두고 낚시질을 하였다. 단조로운 들일에서 벗어나 기분 전환을 할 수 있어서 자주 즐겼다. 나는 바구니와 낚싯대를 들고 해안을 따라 포구 입구까지 갔는데, 썰물일 때에는 굴바위까지 갔다. 나는 굴바위에 앉아서 밀물이 밀려올 때까지 아무 방해도 받지 않고 낚시질을 할 수 있었다. 돌다리 아저씨는 매번 밀물에 휩쓸려 가지 않게 언제 백사장으로 나와야 하는가를 자세히 일러 주었다.

나는 그곳에 홀로 앉아 하루 종일 낚시질을 했다. 거의 공미리라는 생선이 물렸다. 손가락 굵기만큼 가는 물고기였는데 별로 맛은 없었다. 더 크고 좋은 물고기를 낚기가 어려웠다. 이곳 사람들이 제일로 치는 도미는 가을 내내 한 마리도 잡지 못했다. 나는 한가할 때면 끈기 있게 바위에 앉아 있었다. 물고기를 낚기 위해서라기보다는 먼 바다의 아름다운 광경을 즐기기 위해서였다. 이곳은 좁은 만을 벗어난 곳이어서 내 앞에는 무한한 바다가 펼쳐져 있었다. 바다와 하늘이 저 멀리 수평선에 서로 맞닿아 있었다. 맑은 가을 하늘 아래 서쪽으로는 바위가 많은 연평도가 우뚝 솟아 있었고, 북쪽으로는 가는 모래밭이 낮은 언덕을 둘러싸고 넓게 펼쳐져 있었다. 사방 어디를 보아도 배 한 척 볼 수 없었다. 찬 바람만이 젖은 굴바위를 간간이 스치고 갔다.

집집마다 좋은 낚시 도구를 갖추고 있었으나 낚시질은 하지 않았다. 농부들은 만 밖에서 '큰 소'라 불리는 곳 근처에 어망을 쳐서 가자미, 넙치, 준치, 그리고 길고 흰 갈치 등 크고 좋은 생선을 잡았다. 나는 사람들이 어떻게 그물로 물고기를 잡는지, 또 그물을 어떻게 치는지 지금까지 한 번도 본 적이 없었다. 그래서 사람들이 함께 그물을 치러 가자고 했을 때 즐거워하며 따라나섰다. 그들은 썰물이 이는 밤을 택했다. 나는 처음엔 조금 걱정이 되었지만, 이런 한밤중에 제일 좋은 생선이 걸린다는 이야기를 듣고 안심했다.

달이 뜨지 않아 모래사장은 어두웠다. 우리가 건너는 물은 살을 에는 듯이 차가웠다. 내리비치는 별빛으로 바다는 점점 밝아졌다. 나는 어둠침침한 곳에서도 차차 미역이며 엉금엉금 기어다니는 게를 구별할 수 있었다. 우리는 좁은 물고랑을 여러 번 건넜다. 물살은 모래밭을 지나 넓은 바다로 흘러가고 있었다. 한참 걸은 후에 거센 물살이 쏟아져 내리며 소용돌이치는 '큰 소'에 도달했다. 바로 여기에 병풍을 치듯이 그물을 말발굽 모양으로 둘러쳤다. 그러자 곧 여기저기에서 팔뚝만 한 생선들이 그물을 빠져나가려고 몸부림쳤다. 조수가 얕아지면 얕아질수록 그물에 걸려든 생선들이 벗어나려고 더욱더 날뛰었다. 물고기들은 사납게 퍼덕거렸으나, 끝내는 모두 물기 없는 바닥에 쓰러져 은빛으로 빛나고 있었다. 우리는 서둘러서 생선을 바구니에 담아 가지고 집으로 향했다. 파도 소리마저 멀어져 이제 바닷가에는 깊은 정적만이 남았다. 어디선가 사람들의 말소리가 나직이 들려왔다. 그들도 고기잡이에서 돌아오는 것 같았다. 그러나 모습은 보이지 않았다. 밤이 너무 아름답고 고요해서, 물에 빠져 죽은 사람들의 영혼이 떠돌아다니면서 속삭인다는 말이 믿길 정도였다.

맑고 푸른 가을 날씨가 계속되었다. 농부들은 이른 아침부터 저녁 늦게까지 곡식을 타작했다. 콩과 팥, 메밀과 수수, 그리고 마지막으로 벼를 거둬들였다. 곡식은 키에 까불려서 깨끗하게 손질한 다음 스무 말씩 가마니에 담았다. 돌다리 아저씨는 나를 이 집 저 집 데리고 다니면서 일의 과정을 자세히 설명해 주었다. 곡식의 종류에 따라 품질의 차이도 알려 주었다.

그는 내가 외로움을 느끼지 않도록 무척 애썼다. 저녁때 내가 아무 할 일이 없어서 어찌할 바를 모르면 책을 여러 권 방에 넣어 주곤 했다. 손으로 쓰인 자그마한 옛 시집과 일화집, 두툼한 소설책들이었다. 그러나 책장이 닳아서 침침한 불빛 아래서는 그 깨알같이 작은 글씨를 도저히 읽을 수 없었다.

"이곳 생활이 무척 심심할 거야."

언젠가 농가에서 나를 데려오는 길에 그가 말했다.

"네가 지금까지 도회지에서만 살았기 때문에 불편할 거야. 그래도 생각해 봐라. 세상이 어수선할 때 산속으로 은거했던 현명한 선비들도 있지 않니? 그들은 밤에 붓을 들기 위해서 낮에는 연장을 들고 일을 했어. 너도 그들처럼 저놈들이 물러가고 옛날과 같은 좋은 세상이 올 때까지 조용한 이곳에서 지내라."

농민들은 모두 이 나라에 새 왕조가 서기만 하면 다시 좋은 세상이 돌아올 것이라고 믿었다. 나는 그렇게 생각하지 않았지만, 반대하고 싶지는 않았다. 내가 '아저씨', '아주머니'라고 부르는 어른들에게 반대한다는 것이 불손하게 생각되었다.

지주의 가정과 소작인의 가정을 한집안으로 생각하고 그렇게 부르는 것은 예부터 내려오는 좋은 풍습이었다. 나는 그런 풍습을 좋아했다. 대신 그 많은 아저씨와 아주머니들을 구별하기 위해 사는 곳의 지명을 붙여 부르길 좋아했다. 그래서 '웃골 아저씨', '웃골 아주머니' 또는 '뒷섬 아저씨', '뒷섬 아주머니'라고 불렀다. 소작인 농군들은 나를 '도회지에서 온 조카'라고 불렀고, 친조카처럼 대해 주었다.

돌다리 아저씨는 내게, "서로 그렇게 부르는 것은 지주와 농민들이 모두 한 가족처럼 생각하고 살아가게 하는 좋은 풍습이란다."라고 말해 주었다.

지주 집안을 중심으로 모두가 큰 일가를 이루고 있었고, 그 때문에 지주는 다른 사람들보다 풍족하게 지낼 수가 있었다.

　벌써 가을이 가고 눈이 내리기 시작했다. 굵은 눈송이가 종일토록 포구와 들과 길 위에 휘몰아쳐 내렸다.
　추수가 끝나고 감사제가 지나고 나면 곳간은 큼직한 자물쇠로 잠겼다. 이제 농군들은 따뜻한 방에 앉아서 손일을 했다. 남자들은 새끼를 꼬고, 돗자리를 짜고, 그물을 뜨고, 짚신을 만들었다. 여자들은 실을 뽑고 베를 짰으며, 아이들은 서당에 갔다. 시골의 훈장님 또한 농부여서 겨울에만 아이들을 가르쳤다.
　저녁때면 농군들이 일감을 가지고 한곳에 모여 잡담을 늘어놓기도 하고, 서로 번갈아 가며 소리 내어 책을 읽었다.
　그 책은 주인공이 아무 죄도 없이 구박받는 구식 소설이었다. 남의 모함을 받고 쫓기듯 고향을 떠나야 했고, 이곳저곳으로 떠돌아다니면서 추위와 굶주림에 시달리다가, 끝내는 현명한 사람을 만나 그의 도움을 받게 되는 내용이다. 나중에 이 주인공은 자기도 현자가 되어 임금의 부름을 받아 높은 세도가가 된다. 그는 총명하고 아름다운 여자와 결혼하여 다시 자기 고향에 돌아와 사람들로부터 존경을 받으면서 행복하게 살았다. 소설은 모두 그렇게 시작해서 그렇게 끝났다. 농군들은 이런 소설을 읽고 또 읽었다. 그때마다 착하고 죄 없는 주인공에게 닥치는 불행에 흥분했다. 그리고 책을 읽을 때에도 매우 엄숙하게, 혹은 노래하듯이 읽었다. 또 때로는 소리를 높이기도 하고 낮추기도 하고, 명랑하게 읽다가 다시 애통하게 읽어 갔다. 눈이 쌓이면 쌓일수록, 밤이 조용해지면 조용해질수록 더욱더 감정을 섞어 읽었다. 그래서 사람들은 먼 곳에서도 이야기의 주인공이 얼마나 어지러운 처지에 빠져들고 있는가를 짐작할 수 있었다.

  나는 종종 이야기가 들려오는 집 앞에 서서 귀를 기울였다. 소설의 줄거리가 어떻게 진행되는가를 알고 싶어서가 아니라, 아무 걱정 없이 평화롭게 지냈던 내 어린 시절을 떠올리게 하는 그 목소리를 듣기 위해서였다.

봄

겨울 동안 나는 지난 학교 시절과 학우들, 그리고 그들이 나에게 이야기해 준 신세계 유럽에 관해서 생각해 보았다. 그리고 내가 어렸을 적에 모아 두었던 사진들을 다시 꺼내 보았다. 사진 속에는 너무 높아 땅의 것이 아닌, 하늘의 것처럼 보이는 화려한 집들과 장엄한 성들이 있었다.

눈보라를 무릅쓰고 포구를 산책하며, 나는 먼 서구의 건물들과 그 안을 드나드는 갈색 머리의 키가 큰 사람들을 상상해 보았다. 그들은 생존 경쟁과 죄악, 현실의 근심과 걱정을 모르고 지냈다. 다만 자연과 우주에 관해서 연구하였고, 지혜의 길만을 추구했다. 이 새 문화의 참된 교양인이 되려면 그곳에서 교육을 받아야 할 것만 같다. 그곳에서는 모든 것을 스스로 보고, 경험하고, 학자들로부터 학문을 직접 배울 수 있을 것 같았다. 이 놀라운 세계에 대해서 들었던 많은 아름다운 전설과 일화들이 내 머릿속에서 생생하게 되살아났다. 그리고 어떻게 하면 그곳에 갈 수 있을까 하고 곰곰이 궁리하게 되었다.

눈이 그치고, 포구의 얼음장도 녹기 시작했다. 어느덧 날씨가 따뜻해졌다. 삼월 어느 맑은 날 오후, 나는 신막을 향해 떠났다. 신막은 이틀을 꼬박 걸어야 도착할 수 있는 작은 시장 마을로, 기차가 다닌다고 했다. 거기에서 기차를 타면 우리나라의 북쪽 국경을 넘을 수 있을 것 같았다. 국경 밖으로 벗어나면 계속해서 서쪽으로 가는 길을 찾을 수 있고, 그러면 틀림없이 유럽에 도착할 수 있을 것이다. 그것이 내가 그 당시 알고 있던 것의 전부였다. 기차가 어떻게 생겼는지, 어떻게 기차를 타는지, 외국에서는 어떤 언어가 통용되는지, 그리고 유럽에서도 돈이 사용되는지 전혀 알지 못했다.

나는 오후 내내 걸었다. 달빛 덕분에 길을 쉽게 찾을 수 있어서 밤에도 쉬지 않고 걸었다. 다음 날도 종일 걸었지만, 겨우 저녁 무렵에야 넓은 평지에 자리 잡은 시장을 보게 되었다. 멀리에서도 우리 고향과는 전혀 다른 곳이라는 걸 알 수 있었다.

이곳은 교통이 훨씬 복잡하고 소란스러웠다. 사람들이 고함을 지르고, 종을 울려 대고, 길에는 인력거와 자동차와 오토바이가 뿡뿡거리며 달리고 있었다. 큰길가에 있는 좋은 집들은 거의 일본 사람들의 소유였다. 그들이 신고 다니는 '게다' 소리가 도처에서 시끄럽게 들렸다. 나는 간신히 이 혼잡하고 비좁은 거리의 인파를 뚫고 정거장이 있는 곳으로 갔다. 만주행 열차는 내일 아침 일찍 이곳을 통과한다고 했다.

낯선 곳이어서 당황하지 않으려고 정거장 건물이며 플랫폼, 개찰구 등을 자세히 보아 두었다. 모두 태어나서 처음 보는 것들이었다. 나는 오랫동안 헤맨 끝에 이 고을 변두리에서 작은 여관을 발견하고, 이곳에서 묵기로 했다. 처음으로 여관에서 밤을 지냈다.

내일 아침 일찍 일어나기 위해 저녁을 먹고 곧바로 잠자리에 들었다. 지난밤 쉬지 않고 걸어서 무척 고단했다. 그러나 제대로 잠을 이룰 수가 없었다. 다리가 쑤시고 아픈 데다가, 잠들려고 하면 눈앞에 어머니의 환상이 어른거렸다. 나는 어머니가 나를 찾아 헤매는 일이 없도록 책상 위에 짧은 작별의 편지를 남겨 놓았다. 어머니는 나를 철없는 어린아이로 생각해서 떠나보내려 하지 않았을 것이다. 그래서 그렇게 해야만 했다. 나는 그 편지 덕분에 다소 안심이 되었고, 잠시나마 어머니 생각에서 벗어날 수 있었다. 그런데 선잠이 든 내 앞에 계속해서 어머니가 나타나셨다. 한참 만에 잠이 들었다가 곧 다시 깨고, 다시 잠이 들었다가 또 깨어났다. 어머니가 나를 부르는 소리를 들었고, 내 편지를 앞에 놓고 말없이 앉아 슬프게 울고 계시는 모습을 보았다. 한번은 어머니가 내 얼굴을 두 손으로 감싸고, 그전에 며칠 동안 송림에 오셔서 그렇게 했던 것처럼 미소를 짓기도 하셨다. 밤새 이런 장면이 계속되었다.

어린 시절에 대한 꿈도 꾸었다. 나는 뒤뜰 짚방석에 앉아서, 어머니가 물들인 비단 천을 말리려고 줄에 걸어 놓으시는 것을 구경하고 있었다. 햇빛이 따뜻하게 비치었다. 나는 어머니를 보고 기뻐하며 달려가 뒤에서 껴안고 소리쳤다.

"어머니, 맞혀 보세요! 뒤에 누가 있는지."

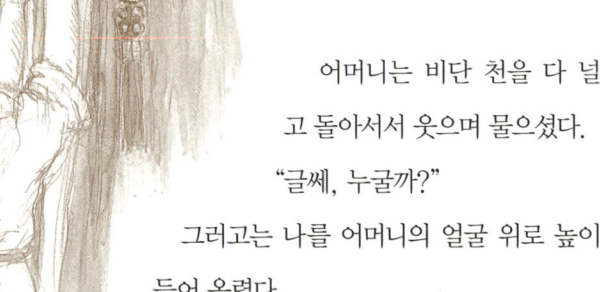

어머니는 비단 천을 다 널고 돌아서서 웃으며 물으셨다.
"글쎄, 누굴까?"
그러고는 나를 어머니의 얼굴 위로 높이 들어 올렸다.
"정말 이게 누구지? 내 귀한 금지옥엽이구나! 우리 미륵이는 커서 위대한 시인이 될까? 훌륭한 화가가 될까? 아니면 영웅이 될까? 그렇지 않으면 우리 고을의 목사가 될까?"

새벽녘엔 어머니가 몹시 우시는 모습이 보였다. 나는 어머니의 무릎에 머리를 파묻고 있었다. 나는 깜짝 놀라서 중얼거렸다.
"아뇨! 어머니! 떠나지 않겠습니다."
전에도 어머니가 그리 서럽게 우시는 걸 딱 한 번 본 적이 있었다. 아버지의 장례를 마치고 산에서 내려와 묘지기의 집 앞 천막에서 밤을 새우실 때였다.

다시 잠이 깨었다. 몸에 열이 나고 추웠다.

밖은 어두컴컴했고, 찬바람이 휘몰아쳤다. 하얗게 단장된 정거장의 작은 대합실은 전등불이 환히 켜져 있었다. 그리고 수많은 사람들로 와글거렸다. 대부분 일본 사람이었다. 군인들과 부인들이 서로 허리를 굽혀 인사를 하고, 작별을 하면서 선물을 주고받았다. 사람들이 점점 더 몰려와 이제는 서로 허리를 굽혀 인사하기도 불편했다. 마침내 조그마한 창구가 열리고 표를 팔기 시작했다. 그러자 제복을 입은 사람들이 직위에 따라 입구에 늘어섰다. 그 뒤로 사복을 입고 게다를 신은 사람들도 줄을 섰다. 나는 맨 끝에 가서 섰다.

내 차례가 와서 만주의 수도로 가는 기차표를 샀다.

플랫폼 위에는 아직도 새벽안개가 자욱했다. 살을 에는 듯한 찬 바람이 불어왔다. 마침내 기차가 천둥 같은 기적 소리와 연기를 내뿜고 달려왔다. 사람들이 달려가 기차 안으로 마구 뛰어올랐다. 기차는 어느새 기적 소리를 울리고 급히 떠나 버렸다. 나는 플랫폼에 멍하니 서 있었다.

역원이 내게 다가와서 왜 기차를 타지 않았냐고 물었다. 내가 아무 대답도 하지 않자, 그는 내 손에서 기차표를 빼앗았다.

"아니, 심양(선양)까지?"

표를 보고 놀란 그가 소리를 지르며 나를 유심히 살펴보았다. 그리고 사무실로 나를 데리고 가서 자기 동료들에게 이 일을 이야기했다.

나이가 지긋해 보이는 역원 한 명이 나를 의아스럽다는 듯 쳐다보더니, 내 이름과 나이를 물었다.

"부모님께서 네가 심양에 가는 걸 허락했니?"

"아뇨."

"그럴 줄 알았다."

그는 화를 내며 말했다.

"그래, 거기에 가서 뭘 하려고 하니?"

"유럽으로 가려고요."

나는 잠시 망설이다가 말했다. 그는 심각한 얼굴로 나를 한참 쳐다보았다.

"아니, 그렇게 멀리 여행하려고? 그럼 여권은 가지고 있니?"

"아뇨. 그런 건 전혀 생각지 못했는데요."

"그러면 짐은?"

"없어요."

"그럼, 영어나 독일어나 프랑스어는 할 줄 아니?"

"아뇨. 아직 못 배웠습니다."

"돈은 얼마나 가지고 있니? 어디 내놔 봐."

나는 갖고 있던 돈을 몽땅 책상 위에 꺼내 놓았다. 그는 슬쩍 쳐다보더니 웃었다.

"그래, 여권도 짐도 없이, 영어도 할 줄 모르면서, 또 몇 푼 안 되는 이 돈으로 유럽에 가려고 했니?"

"네."

그는 다시 나를 날카롭게 쏘아보았다.

"그런데 왜 기차를 타지 않았니?"

나는 다시 잠자코 있었다. 나를 데리고 온 젊은 역원이 그 물음엔 아무런 대답도 하지 않더라고 말했다.

"말해 봐, 왜 안 탔는지."

나이 든 역원이 다시 물었다.

"모든 게 소란스럽고 불안했어요."

젊은 역원은 웃으며, 한국 사람들이 이렇게 말하는 것을 여러 번 들었다고 했다.

"기차는 이 사람들에겐 너무 시끄럽고 빨라."

그가 이렇게 말하자, 사무실 안의 사람들이 모두 웃었다.

"그렇다고 당나귀를 타고 유럽에 갈 순 없잖니?"

나이 든 역원이 말했다.

"물론 그럴 테지요."

"그럼 내일 다시 기차를 탈 테냐?"

"아직 잘 모르겠습니다."

우리의 대화는 끊어졌다. 역원은 기차표를 반환해 주고, 돈도 돌려주었다.

"다시 고향으로 돌아가 공부를 더 해라. 우리 학교도 유럽의 학교만큼 좋아. 네가 재능이 있고, 학교에서 일 등을 하고 좋은 성적으로 졸업하면 서울로 가서 대학에 다닐 수도 있어. 우리의 대학도 유럽의 대학만큼이나 좋다. 서울에 가면 새로운 문화를 많이 접하게 될 거야. 공공건물들은 삼사 층짜리 유럽식이고, 교수들도 귀족적인 유럽풍 옷을 입고 있지. 그러나 서울에 가는 것도 네 부모님의 허락을 받아야 한다. 규칙대로 하자면 가출한 소년들은 체포해서 경찰서를 통해 집으로 보내지지만, 네가 그리 나쁜 아이 같지 않아서 특별히 봐주는 거야. 자, 이 돈을 갖고 집으로 가거라. 그리고 돈은 소중한 것이니까, 조심해야 한다."

나는 여관으로 돌아와서 잠이 들었다. 다시 눈을 떴을 때에는 이미 늦은 오후였다. 방에는 햇빛이 조금도 들어오지 않았다. 춥고 떨렸다. 밖에서 거리의 소음이 들려왔다. 인력거꾼들이 소리치고, 자전거에서는 따르릉따르릉 요란한 소리가 나고, 장사꾼들이 소리 높여 물건을 선전했다. 특히 일본 약 '은단'을 선전하는 소리가 가장 시끄러웠다. 멀리에서 기적 소리가 들려왔다. 그러더니 곧 기차가 증기를 내뿜으며 정거장에 머물렀다. 사람 부르는 소리며 대답하는 소리가 시끄럽게 들렸다. 이번에는 다른 기차가 반대편에서 귀를 찢는 듯한 경적을 울리며 들어왔다. 어디선가 헌병이 사람을 두들겨 패고 있었다. 신음하는 소리며 용서를 비는 소리가 들렸다. 게다 소리가 보도 위를 따각거리며 시끄럽게 울렸다. 마치 게다의 행진곡이 들려오는 것 같았다.

나는 송림으로 향했다.

가뭄

돌다리 아저씨는 내가 돌아왔을 때, 나에게 무슨 말을 해야 할지 몰라 망설이는 것 같았다. 그는 한참 동안 내 앞에 서서 말없이 나를 보고만 있었다. 그는 내가 어디에 있었으며, 왜 돌아왔는지 묻지 않았다.

"네 방에 들어가거라."

그는 짧게 한마디 했다. 아주머니도 내가 전혀 딴사람이 되어 버리기나 한 것처럼 눈이 휘둥그레져서 나를 쳐다보았다. 아주머니는 저녁 밥상을 들고 내 방에 들어왔다. 언제나 나를 잘 보살펴 주던 아주머니를 다시 만나게 되어 정말 기뻤다.

"아주머니, 내가 다시 돌아왔어요."

그러나 아주머니는 아무 말도 하지 않고 나가 버렸다.

나는 사흘 이상이나 밖에 있었다. 돌아오는 여행길은 갈 때보다 훨씬 더 오래 걸렸다. 우리 고을의 산줄기가 보이는 곳까지는 단조로운 점토 길이 끝없이 뻗어 있었다. 이제 아무 소음도 없는 고요한 이 마을에 다시 돌아왔다. 어디선가 암소가 우는 소리가 들렸고, 파도가 굴바위에 부딪혀 부서지는 소리가 들렸다. 한밤중 창문을 열었을 때, 해안까지 포구가 파도에 휩싸이는 것이 보였다. 모래사장은 은빛 파도에 덮여 겨우 구별할 수 있었다. 어두운 언덕 앞에 위치한 초가지붕은 희미한 달빛을 받으며 잠들어 있었다. 나는 지금까지의 일이, 또한 이 마을의 모든 것이 꿈처럼 느껴졌다.

농부들은 밭을 갈고, 씨를 뿌리고, 모내기를 하고 있었다. 여자들은 집에서 실을 표백하고, 옷감을 짜고 누에고치를 길렀다.

종달새가 재잘대며 하늘 높이 날았고, 미나리아재비와 들장미가 만발하였다. 먼 계곡에서는 뻐꾸기가 노래를 불렀다. 좋은 날씨는 계속되었지만, 비가 오지 않았다. 날이 계속 가물었다. 여름이 다가오자 농부들은 걱정이 많았다. 밭의 흙은 가루처럼 메말랐고, 논에도 물기가 없었다. 모두 흉년이 들 것을 두려워하고 있었다.

사람들은 이제 가뭄의 원인을 찾기 시작했다. 모두들 일본인들 때문이라고 입을 모았다. 그들은 많은 성벽을 부수고, 소중한 역사적 건물들을 철거하고, 오래된 묘들을 마구 파헤쳤다. 묘를 파헤친 것은 악질적인 행위였다. 일본인은 묘 안에서 죽은 사람에게 바친 고귀한 도자기를 마구 훔쳐 냈다. 그들은 도자기를 동경에 가지고 가서 비싼 값으로 판다고 했다. 수많은 묘가 파헤쳐져 하늘을 쳐다보고 있지 않은 산이 없었다. 오래된 해골이 뙤약볕 아래 여기저기에 흩어져 뒹굴었다. 도로 건축을 한다며 이 야만족들은 낡은 옛날 묘소를 파헤치고 손상시켰다. 산허리를 지나가다 사람의 뼈나 해골이 굴러

내려오는 것을 보고 기겁을 하여 도망치는 사람도 있었다. 하늘이 그런 비행을 범하는 그들을 벌하리라는 걸 나도 믿었다.

여전히 가뭄은 계속되었다. 넓은 논은 이제 물 한 방울도 없이 말라 여기저기 쩍쩍 갈라져 나갔다. 농부들은 밤마다 물을 퍼 날랐다. 마을 가까이에 있는 유일한 물줄기인 냇물이 다 말라 사람들은 다른 물줄기를 찾아서 몇 시간씩 걸어가야만 했고, 그릇에 담을 수 있을 만큼 물을 퍼 담았다. 어리고 약한 볏모가 이튿날까지만이라도 마르지 않고 견디기를 바랐다.

여자들은 뒤뜰이나 밭에서 별빛을 보며 밤마다 기우제를 지냈다. 그들은 촛불을 켜 놓고, 한 그릇의 물을 상 위에 올리고는 죄 없는

농부들을 너무 혹독하게 벌하지 말라고 하늘을 향해 빌었다.

그러나 하늘은 무심했다. 매일 아침 불덩이 같은 해가 떠올랐고, 날마다 괴로움에 찬 땅을 내려다보며 이글거렸다. 어느 누구도 노래 부르며 일하지 않았다. 그래도 사람들은 낮에는 말없이 김을 매고, 밤에는 구름 한 점이라도 뜨길 바라며 하늘만 쳐다보았다. 나도 제대로 잠을 잘 수가 없어서 자주 하늘을 쳐다보았다. 우리는 모두 걱정에 빠져 거의 말 한마디도 하지 않았다.

어느 날 아침, 갑자기 집안사람들이 나를 깨웠다. 하늘이 누그러져 있었다. 온 포구에 비가 쏟아지고 마을에는 기쁨의 환성이 울렸다.

소낙비가 그치자 날씨는 다시 덥고 푹푹 찌기 시작했다. 벼는 살아나서 무럭무럭 자랐다. 사람들은 이른 아침부터 저녁 늦게까지 김을 맸다.

나는 매일 어머니로부터 소식이 오기를 기다렸다. 어머니에게 허락 없이 집을 뛰쳐나간 것을 용서해 달라고 편지를 썼다. 어머니가 답변을 주실 때까지 나는 송림에 머물러 있기로 했다. 돌다리 아저씨를 통해 내가 집을 나간 밤에 어머니는 한잠도 못 주무시고, 아무것도 입에 대지 않았다는 소식을 들었다. 어머니는 늘 안방에 혼자 계셨고, 말 한마디도 하시지 않는다고 했다. 그래서 나는 어머니가 병환이라도 나시지 않았나 걱정이 되었다. 어느 날 저녁, 어머니가 몸소 이 마을에 오셨다는 소식을 듣고 얼마나 놀랐는지 모른다. 내가 어머니 곁으로 달려가자 어머니는 조용히 웃으면서 맞아 주셨고,

내 건강이 어떠냐고 물으셨다.

  다음 날 저녁 나 혼자 방 안에 있을 때, 어머니는 아직도 공부를 하고 싶으냐고 물으셨다.

"아닙니다."

"잘 생각해 봐라."

"정말 싫어요."

"왜 그렇게 생각하니?"

"제가 공부를 계속하면 나중에 서울에 가야 하잖아요?"

"왜, 싫으니?"

"네."

"싫은 이유가 뭐니?"

"이제 어머니 곁에서 떠나지 않겠습니다."

"서울에 가도 좋다."

어머니가 말씀하셨다.

"내일 돌아가서 다시 공부를 시작해라."

"싫어요. 가지 않겠어요."

"그러지 말고 가거라. 이제는 내가 그러기를 바란다."

어머니가 왜 이렇게 말씀하시고 왜 이렇게 강요하시는지 알 수가 없었다. 나는 정말로 더 이상 공부를 하지 않으려고 했다. 새 시대는 너무 낯설고, 새 학문에도 별 재능이 없다고 믿었기 때문이다.

  그러나 결국, "네, 어머니. 해 보겠습니다." 하고 대답했다.

입학시험

　친구들은 내가 다시 학교에 나오자 매우 반가워했다. 그들은 나에게 놓친 시간을 어떻게 따라가고, 어떻게 하면 가장 빨리 전문학교 공부를 시작할 수 있는지 일러 주었다. 내가 고향에 있는 학교를 졸업하고, 전문학교 시험 준비를 위해 서울에 있는 좋은 중학교를 다니려면 아직도 삼사 년은 더 있어야 했다. 주위 사람들은 집에서 공부하며 시간을 단축하고, 곧바로 통신 강의로 시험 준비를 하라고 권했다. 나 역시 그 의견에 동의했다.

　나는 전 과목을 유명한 통신 교육 기관의 강의록을 받아서 공부하기 시작했다. 처음에는 모든 것이 순조롭게 흘러갔다. 강의록이 쉽게 쓰여 있었기 때문에 모든 과목을, 특히 수학을 비교적 쉽게 해 나갔다. 하지만 공부를 시작한 지 몇 달 후에 시작한 영어는 어려웠다. 아무리 여러 번 반복해 읽어도 영어 발음을 일본어로 표기하는 것과 문법을 이해하기가 힘들었다. 나는 영어에 대해서 아무런 지식이 없었다. 친구들 역시 마찬가지여서 나를 도와줄 수 없었다. 고향

학교에서는 영어를 전혀 가르치지 않았기 때문이었다. 영어뿐만 아니라 고등 과목에 있어서도 아직은 좋은 교사가 없었다. 그나마 몇 명 안 되는 외국인 영어 교사들은 모두 서울에 있는 좋은 학교로 불려 갔다. 나는 용기를 잃을 수밖에 없었다. 그런데 영어는 아주 중요한 과목이었다. 영어를 모르고서는 도저히 유럽 문화에 접근할 수 없었기 때문이었다.

용마 형은 화학과 물리 공부를 도와주었다. 기섭이는 수학 공부를 도와주었고, 각성이는 그 많은 낯선 외국 이름 때문에 힘들었던 서양사를 가르쳐 주었다. 친구들은 저녁마다 와서 내가 공부를 마칠 때까지 도와주고 갔다. 그들은 모두 우리 고향 학교를 졸업했지만, 여러 가지 사정 때문에 서울로 공부하러 갈 수 없었다. 그래서 적어도 우리들 중에 누구 한 사람은 전문학교에 가서 공부할 수 있도록 모든 수단을 다 썼다. 때문에 내 방은 매일 저녁마다 교실로 변했다. 다만 보통의 교실과 다른 점이 있다면, 학생은 하나인데 가르치는 선생이 서너 명이나 된다는 것이었다.

만수는 내 공부를 돕지 못한 유일한 친구였다. 그는 예나 지금이나 별로 변한 데가 없었다. 나이가 벌써 열일곱 살이나 됐는데도 여전히 이 친구 저 친구한테로 돌아다녔다. 뭔가 배우려고도 하지 않고, 자신의 직업에 대한 고민도 하지 않았다. 그런데 놀랍게도 고전 음악가로 발전해 가고 있었다.

만수도 매일 밤 나에게 왔다. 그러나 아주 늦게 다른 아이들이 다 가 버리고 난 후, 나 혼자 책을 보고 있을 때 왔다. 그는 내가 공부하고 있는 것을 잠깐 바라보다가 자기 방에 가서 함께 음악을 하자고 했다. 그는 가야금을 가지고 있었다. 가야금은 많은 음악가와 기생들이 좋아하는 악기였다. 내가 공부를 좀 더 해야 한다거나, 피곤해서 차라리 잠이나 자고 싶다고 하면, 그는 오히려 공부를 너무 오랫동안 하는 것이 더 피곤하다고 말했다.

그는 항상 반대 이유를 가지고 있었다. 책을 너무 많이 읽으면 정신이 이상하게 된다든가, 외아들인 내가 정신병 환자가 되어서는 안 된다는 식의 말을 했다. 그래도 내가 따르지 않으면, 내가 자기의 유일한 친구이며, 그러니까 청을 거절해서는 안 된다고 말했다.

나는 가끔 그의 방으로 갔다. 그의 방은 자갈이 깔린 좁은 길로 통해 있었고, 출입구가 따로 있어서 밤에도 맘대로 출입할 수 있었다. 그 방에는 책도 책상도 없었고, 시계는 물론 학생들에게 필요한 물건은 하나도 없었다. 작은방은 거의 비어 있었다. 한쪽 구석에 이불이 놓여 있고, 또 다른 구석에는 풀 그릇이 든 화로가 있었다. 그는 벽장 속에다 자신의 중요한 물건을 모두 보관해 두고 있었다. 거기서 그는 우선 술병과 과일을 꺼냈고, 그것을 놋쇠 쟁반에 담아 내놓았다.

"자, 마셔. 너를 위해서 특별히 가져온 거야."

그는 매번 이렇게 말했다. 그리고 나서 가야금을 꺼내 내 무릎 위에다 놓고, 손으로 쓰인 두껍고 낡은 악보를 펼쳤다. 그 악보 속에 많은 고전 음악이 들어 있다는 것이었다. 나는 그가 어떻게 이 비싼 악기를 가지고 있는지, 그리고 어디서 그 낡아 빠진 악보를 구했는지

알 수가 없었다. 그는 한 줄을 가리키며 음표대로 뜯었다. 나도 조심스럽게 천천히 내 손가락이 익숙해질 때까지 연습해서 한 곡을 거의 틀리지 않고 뜯을 수 있게 되었다. 그는 끈기 있게 계속해서 곡을 흥얼거리며 내 손가락의 위치를 교정해 주었다. 그리고 내 연주가 어느 정도 제 마음에 흡족해지면, 피리로 반주를 해 주었다. 우리는 지칠 줄 모르고 오랫동안 연주했다.

"야, 미륵아."

한번은 그가 내게 물었다.

"너 정말 서울에 가야만 하니?"

"응, 시험에 합격하면 그렇게 할 거야."

"이곳에 살면서 우리와 같이 음악을 즐길 수 있다면 얼마나 좋겠니? 일할 필요도 없고 걱정할 필요도 없어. 그냥 행복하게 살기만 하면 돼. 네가 원하면 언제든지 친구들을 볼 수 있고, 하늘과 땅과 세계, 인간의 마음에 관한 이야기도 할 수 있잖아? 네가 사는 곳에 자그마한 정자를 짓고, 시냇물 흐르는 소리를 들으며 흘러가는 구름을 바라볼 수도 있잖아. 그러면 너의 어머니도 행복해할 것이고, 너도 행복하게 살 것이며, 또 나도 항상 네 곁에 있을 수 있잖아."

"아니야, 나는 공부를 해야 돼."

"넌 정말 이상하구나."

그는 한숨지으며 말을 뱉었다.

일 년이 금세 지나가고 다시 겨울이 왔다. 눈은 많이 내리지 않았지만 아주 추운 겨울이었다. 그 당시 운명은 내 앞에 유혹의 미끼를 던졌다. 그것은 바로 내년도 의학 전문학교 입학시험에 관한 광고였다. 시험 과목은 수학, 화학, 물리, 일본어, 한문 다섯 개였다. 내가 가장 두려워했던 영어와 역사는 없었다. 의학 전문학교 입학시험은 나에게 너무나 큰 유혹이었다. 주위의 여러 사람들이 의학이 내 적성에 맞다고 했기 때문에 더욱 거역할 수가 없었다. 그런데 이 학교의 입학시험은 응시자가 너무 많아 전부터 입학이 가장 어려운 학교로 알려져 있었다. 중학교를 좋은 성적으로 졸업한 수험생 중에서도 겨우 십분의 일만이 합격할 정도였다.

나는 며칠을 두고 고민하다가 친구들의 격려에 끝내는 지고 말았다. 그래서 지원서를 제출하고, 일주일 후에 수험 허가 통지서를 받았다. 지정된 수험일에 붓과 먹, 연필과 자를 가지고 시립 병원으로 나오라고 했다. 그곳에서 우리는 시험을 치렀다.

나는 시험 첫날 아침 일찍 시립 병원으로 갔다. 날이 아직 어두웠고 몹시 추웠다. 한 간호원이 나를 조그마한 방으로 데리고 갔다. 벌써 응시자 세 명이 구석에 서서 기다리고 있었다. 나는 그들을 몰랐다. 그들 셋이 나를 보고 웃었다. 그러나 그들의 얼굴은 창백하고 근심스러워 보였다.

시험 위원이 들어와서 우리의 이름을 부르고, 지원서에 첨부된 사진과 우리의 얼굴을 대조해 보았다. 그리고 나서, 그는 우리에게 마음의 여유를 가지고 시험 문제를 명확하게 이해한 다음에 답을 쓰라고 주의를 주었다. 우리는 닷새 동안 치를 시험 일정표를 받았다.

오늘은 건강 진단을 받았다. 우리는 큰 방으로 안내되어 두 명의 의사로부터 신장, 체중, 시력, 청각, 척추, 폐, 심장, 위, 신장 및 기타 기관을 진찰받았다. 무슨 일인지 앞의 세 사람이 나간 후에 나는 한 번 더 세밀하게 심장을 진찰받았다. 두 의사는 한참 상의하고 나서 건강하다는 판정을 내렸다.

필기시험은 매일 이른 아침부터 소강당에서 여러 시간 동안 치러야 했다. 첫날에는 수학, 둘째 날에는 어학, 셋째 날에는 물리와 화학을 차례로 보았다. 수학은 매우 쉬웠고, 물리와 화학도 그다지 어렵지 않았다. 그러나 고대 일본어와 고전 한문의 원전을 현대 일본어로 번역해야 하는 시험은 굉장히 어려웠다. 그래서 대부분은 이 두 과목에서 낙제해야 했다. 시험 위원은 우리에게 등을 돌린 채 조용히 난로 옆에 앉아 있었다. 우리가 서로 조금씩 도와줄 수 있도록 하기 위함인 것 같았다. 그러나 우리들 중 어느 누구도 남의 것을 보려고 하지 않고 혼자서 열심히 했다. 딱 한 번, 셋째 날 작은 종이 뭉치가 내 책상 위로 살짝 굴러왔다. 조심스럽게 펴 보았더니 황색 유

입학시험

황과 적색 유황의 서로 다른 용해점이 적혀 있었다.

마지막 면접을 보는 날, 시험 위원은 왜 의학 공부를 선택했냐고 물었다. 나는 삶과 죽음의 원인을 알고 싶다고 대답했다. 그는 웃으면서 나를 쳐다보고 오랫동안 연필을 만지작거렸다.

"아주 차원 높은 목적이군."

그는 알았다는 듯이 말했다.

"그렇지만 우리는 당분간 실무 의사를 많이 양성해야 한다. 특히 너의 고향에 말이다. 너희는 위생 관념을 너무 소홀히 여기고 있어."

대화 도중 그는 잠깐 면접실을 떠났다. 그래서 나는 그가 갖고 있던 시험 명단을 볼 수 있었다. 이름 밑에 여러 난이 있고, 거기에 특별한 내용이 적혀 있었다. 내 이름 아래에는, 언어: 단순 명료, 성격: 정직 유화 은근, 학업 목적란에는 아무것도 적혀 있지 않았다.

곧 시험 위원이 돌아와서 잠깐 침묵을 지키더니 다시 말을 시작했다.

"시험을 잘 치렀더구나. 최종 명단에도 네 이름이 나와 있더라. 그렇지만 결선에서 다섯 명 중 한 사람만이 우리 학교에 입학할 수 있다. 실망스러운 결과가 나와도 그것 때문에 용기를 잃어서는 안 돼. 최종 선발은 제비뽑기와 같다."

헤어질 때, 그가 다시 웃으면서 말했다.

"네가 우리나라라고 말할 때에는 언제나 한국뿐만 아니라 일본 제국까지를 통틀어 의미하는 것이고, 우리 동포라고 말할 때에도 한국인뿐만 아니라 일본 제국 내에 있는 전 국민을 의미한다는 것을

명심해야 한다."

나는 아무 말도 하지 않았다.

약 삼 주일 후에 합격 통지서를 받았다. 사월 초에 학교 사무실로 나오라고 적혀 있었다. 이날 나는 큰누나 댁에 저녁 초대를 받았다. 집에 돌아오니 온 집안 식구들과 친구들이 모두 내 방에 모여 앉아서 즐겁게 이야기를 나누고 있었다. 내가 방에 들어서자 모두 입을 다물고 잠자코 있었다. 용마 형이 나에게 통지서를 읽어 보라고 주었다. 모두들 축하해 주었다. 어머니도 기뻐하시는 것 같았다. 그러나 어머니는 아무 말씀도 하지 않고 그저 내 손만 연거푸 쓰다듬으셨다. 그리고 긴 침묵이 흘렀다.

매일 밤 나를 도와준 친구들은 그들의 목표가 이제야 이루어졌다고 생각하는 것 같았다. 나는 곧 저 넓은 세계로 나갈 테지만, 친구들은 계속해서 이 작은 고향 마을에 머무를 것이다.

우리 집에서 일하는 사람들은 마침내 내가 집을 떠난다고 생각하고 있었다. 구월이는 읽지도 못하는 통지서를 근심스럽게 바라보고 있었다.

어느 따뜻한 봄날 저녁, 나는 친구들의 전송을 받으며 서울로 가는 큰 여객선이 정박해 있는 용지 포구로 갔다. 만수, 용마 형, 기섭이는 유쾌하게 이야기하면서 앞서갔고, 나는 어머니와 함께 그들을 따라갔다. 어머니는 시내에서 같이 걸으며 여행에 관한 주의를 주셨다.

"과거를 너무 생각하지 마라."

끝으로 이렇게 말씀하셨다.

"네가 종종 이야기했던 것처럼 시대는 변했다. 다른 사람들은 새 문화에서 우리보다 앞섰으나 가끔 실수를 범하기도 하더구나. 그러나 네가 그들로부터 무엇인가 배우고 싶거든 여러 가지 낯설고 다른 면이 있음을 감수해야 한다. 또 항상 너의 온화한 성품을 잃어서는 안 된다."

친구들은 밝은 달빛에 잠긴 포구까지 나를 바래다주었다. 여객선이 어두운 바위틈에서 요술처럼 떠올랐다. 나는 한 사람씩 일일이 작별 인사를 나누고 작은 배에 올랐다. 배는 곧 거친 파도를 헤치고 흔들리며 여객선을 향해 나아갔다. 친구들은 부두에 서서 기선이 슬픈 고동 소리를 내며 천천히 좁은 포구를 빠져나갈 때까지 나를 전송하고 있었다. 언덕길을 넘어 돌아가는 그들 셋의 모습을 보니 슬퍼졌다. 그들은 무슨 얘기를 했을까? 용마 형이 얘기했을까? 만수가 얘길 했을까? 내 여행에 관해서, 혹은 음악에 관해서 얘기했을까? 그들은 곧 남구릉과 선녀산 사이를, 아름다운 고향의 전원을 방황하겠지.

배 위의 다른 학생들이 환성을 지르며 나를 맞아 주었다. 모두 나의 시험 결과를 축하하였고, 서울에 가면 도와주겠다고 약속했다.

용지 포구가 시야에서 사라졌다. 높은 수양산이 멀리 가라앉고, 수압섬이 손에 잡힐 듯이 바로 눈앞에서 스쳐 지나갔다. 이윽고 우리가 탄 배가 넓은 바다에 들어섰다. 오로지 바다만이 달빛을 받으며 수평선에서 수평선으로 파도치고 있었다.

서울

아침 식사가 끝나자 배는 제물포항에 들어갔다. 나는 다른 사람들을 따라 기차를 탔다. 기차는 곧 떠났다. 작은 역에서 몇 번이나 정거한 다음, 정오쯤 기차는 드디어 삼각산 방향으로 질주하였다. 언덕과 계곡, 마을들이 우리 옆을 나는 듯이 지나갔다.

우리는 오백 년 동안이나 임금들이 거주했던 왕도에 점점 접근해 갔다. 어렸을 때 성벽에서 보았던 밤의 봉화 신호가 이 나라의 방방곡곡에서 이곳으로 왔던 것이다. 이곳 왕궁에서 목사들은 백성을 다스리기 위해 임금님의 명령을 받았다. 우리나라의 가장 유명한 시인들이 이곳으로 모였으며, 모든 선비들과 예술인들이 몰려들었다. 나는 깊은 생각에 잠겨 있었다. 기차는 터널을 빠져나가 강을 건너면서 굉장히 큰 역사 안으로 들어섰다. 밖에서는 사람들이 서울에 닿았다고 고함을 질렀다.

나는 짐을 들고 사람들의 뒤를 따랐다. 어마어마하게 넓은 광장이 눈앞에 펼쳐졌다. 인력거, 자전거, 오토바이가 경적을 울리며 소란스럽게 달리는 전차 사이로 요리조리 **빠져나가고** 있었다. 우리는 전차를 탔다. 현대식 상점과 은행, 식당들이 즐비하게 늘어선 번화가를 지나 학생들이 주로 모여 산다는 서울의 북쪽 시내까지 가는데, 너무나 멀게 느껴졌다.

우리는 실제로 어느 거리고 책방이고, 음식점이고 할 것 없이 가는 곳마다 비슷한 제복을 입은 학생들을 만났다. 학교와 학과를 나타내는 모자와 깃에 단 배지로 그들을 식별할 수 있었다.

그러나 그들은 학교도 학과도, 그리고 어느 지역 출신인지도 묻지 않았다. 모두가 마치 하나의 큰 가정에서 태어난 것처럼 서로 반갑게 인사하고 도움을 주고받기도 했다.

다음 날 아침, 나는 서울 의학 전문학교 입구에 서 있었다. 학교는 서울의 동쪽에 자리 잡았고, 서구식으로 된 여러 개의 건물로 이루어져 있었다. 진남색 제복에 금빛 의대 배지를 단 학생들이 물결치듯 들어가고 나가고 했다. 그러나 신입생들은 지금까지 입던 평복을 그대로 입고 왔다. 한국인은 흰옷을, 일본인은 학생복을 입고 있었다. 나는 그들과 함께 사무실에서 학생증과 시간표, 제복과 모자에 다는 배지와 모표 등을 받았다.

화학 강의는 아주 훌륭했다. 내용 구성이 잘 되어 있었고, 언제나 실험이 뒤따랐다. 반면에 생리학 강의는 별로 새로운 것이 없었다. 가장 중요한 해부학 강의도 화학 강의만 못 했다. **빼빼** 마른 담당 교수는 말이 고르지 않은 데다가, 어조에 강약이나 활기가 없었다. 그는 **뼈**를 손에 들고 평면과 심부와 융기를 일본어, 독일어, 라틴어로

서울 157

설명했다. 그러나 말이 너무 빨라서 맨 앞에 앉은 학생들마저도 이해하지 못한 것 같았다. 그는 간간이 칠판에다 글씨를 썼는데, 그의 발음만큼이나 알아보기 힘들었다. 우리들은 차례차례 펜을 놓고, 괴로운 강의가 끝나 교수의 얼굴이 사라질 때까지 지루하게 앉아 있었다.

"아휴, 바보 같으니라고."

몇몇 학생들이 투덜거렸다.

우리 중 가장 호기심이 강한 애들 몇 명이 교탁에 올라가, 상자에서 뼛조각을 꺼내어 자세히 관찰하며 교과서에 있는 그림과 비교해 보았다.

"우리도 저래야 하지 않을까?"

옆자리 친구가 나에게 물었다.

"네가 하고 싶으면 하는 거지 뭐."

이렇게 말하고 나는 깨끗한 광대뼈 하나를 꺼내서 그의 앞에 놓았다. 그는 만지지 않고 한동안 보고만 있었다. 그리고 나서, "이게 바로 사람의 뼈지!"라고 말했다.

그는 뼈를 한참 동안 보고 난 후, 천천히 손으로 무게를 가늠해 보더니 다시 자기 앞에 놓았다.

"이상하다."

그가 다시 중얼거렸다.

"이것이 곧 우리 몸의 일부분인데."

우리는 뼈의 갈라진 틈과, 움푹 패인 곳, 돌출된 부분들을 눈여겨

　보고는, 공책에 적어 놓은 것을 고쳤다.
　내 옆의 친구는 북쪽 지방에서 온 조용하고 인정이 많은 애였다. 그의 이름은 익원이었다. 우리는 서로의 강의 노트를 수정하거나 보완해 주었고, 공동 실험을 하기 위해 짝이 되어 공부했다. 그래서 나중에는 서로 친해지기도 했다. 보통 짝이 된 학생들은 수업이 끝난 후에도 함께 공부하기 위해 같은 집에서 하숙을 했다.
　익원과 나는 좋은 하숙집에서 같은 방을 썼다. 우리는 매일 저녁마다 토론을 했다. 어느 때는 물리학을, 어느 때는 화학이나 해부학을, 그리고 일주일에 네 시간씩 듣는 독일어 문법을 공부했다. 의학 서적의 대부분이 독일어로 쓰여 있었기 때문에, 독일어는 의학도에게 필수 과목이었다. 우리는 잠자리에 누워서도 동사의 인칭 변화와 다른 품사의 변화를 연습하며 외웠다.

우리는 매일 아침 함께 학교에 갔고, 집에 올 때에도 함께 와서 자정까지 같이 공부했다. 또 물건을 사러 갈 때에도 함께 갔고, 목욕도 함께 하고, 극장에도 함께 갔다. 일요일이면 서울의 명소를 구경했다. 경복궁과, 남산 공원, 동물원 등을 돌아보았고 한강에도 갔다.

익원은 서울에서 공부한 지 벌써 일 년이 되었으므로 어디든지 잘 알았다.

우리 학교는 한국의 최고 학부였다. 한국에 들르는 유명한 사람은 모두 우리 학교를 방문했다. 왕이나 유명한 정치인이 서울에 오면, 우리는 정거장까지 그들을 환영하러 행진을 해야 했다. 우리 학교는 일본 총독부 직속 다른 학교와 마찬가지로 거의 군대식이었다. 우리는 강의나 실습을 자유로이 선택할 수 없었다. 아무도 특별한 이유 없이는 무더운 칠월까지 계속되는 강의를 빠져서는 안 되었다.

마침내 학기의 마지막 날이 왔다. 우리는 교복을 벗어 던지고 무척 즐거워했다. 가을에도 함께 공부하기 위하여 우리 둘은 방학 동안에 무엇을 할 것인가를 상의하였다. 익원은 내가 광학 과목이 제일 뒤떨어져 있다고 했다. 그래서 나는 두툼한 물리책을 짐 속에 넣었다. 익원은 책상에 앉아서 물끄러미 나를 바라보았다.

그는 부모님이 안 계셨기 때문에 고향에 내려가지 않고 방학 동안 서울에서 지내기로 했다. 그는 일찍이 고아가 되어 어느 기독교 가정에서 양자로 성장했다. 그가 기독교 전문학교에 가지 않고 의학 전문학교에서 공부하기를 결심한 이후로, 그 집에서는 그가 오는 것을 좋아하지 않는다고 했다.

우리는 마지막 저녁을 지금껏 해 본 일이 없는 시내 산책으로 보내기로 했다. 창덕궁의 이끼 낀 담장을 따라서 때로는 오르막길이 되고, 때로는 내리막길이 되는 조용한 옛길을 걸었다. 이 궁궐의 담장 안에는 왕실의 후예가 수백 명에 달하는 시종과 시녀를 데리고 살고 있을 것이었다. 그럼에도 불구하고, 이 길은 언제나 조용했다. 나는 이곳을 지날 때마다 발걸음을 멈추고 조용히 귀를 기울였다. 나는 왕족의 음성을 한 번이라도 듣고 싶었다. 그러나 허사였다. 아무런 소리도, 아무런 말도, 심지어 발자국 소리도 새어 나오지 않았다. 자랑스러운 오백 년 왕조의 저 후손들은 여전히 조용했다.

우리는 궁궐 담을 따라가서 남쪽으로 향하는 큰길로 나갔다. 일본산과 유럽산 사치품들이 진열장에서 환히 빛났다. 어디에서나 유럽 음악을 틀어 댔다. 바이올린과 피아노, 손풍금, 축음기의 소리가 들려왔다. 철도 호텔의 정원에서는 유럽 행진곡이며 무도곡이 울려 나왔다. 고향에 있는 친구들에게 오락 책 몇 권을 선물하기 위해 우리는 서점에 들렀다.

돌아오는 길에 도시의 양쪽 도로에 선 야시장을 구경했다. 수많은 노점에서는 낡고 싼 물건을 팔고 있었다. 표지가 누렇게 바랜 책이며, 푸르고 붉은 줄이 있는 종이와 그림, 부채, 담뱃대, 담뱃갑, 모자, 부인용 비단신 등 모두 낡고 먼지 묻은 것들을 동전 몇 푼으로 살 수 있었다. 낡기는 했으나 고상한 비단옷을 입은 노인네들이 싸

구려를 외치며 걸어가는 사람들을 유혹했다. 그들은 아마 지난날 어느 면이나 읍의 지체 높은 사람이었을 것이다. 그들은 재산과 권력마저 잃고서, 굶주린 배를 채우기 위해 저녁마다 여기서 몇 푼의 동전을 벌고 있었다. 사람들은 값을 깎으려고 다투었다.

저쪽 끝 노점에는 가는 대나무로 만든 퉁소가 쌓여 있었다. 한 개에 동전 두 닢이었다. 익원은 서서 퉁소를 구경했다. 나는 퉁소를 만든 솜씨가 거칠어서 맑은 소리를 내지 못할 것 같으니, 사지 말라고 말렸다. 그러나 그는 자기 뜻대로 퉁소를 사고 말았다. 그렇지만 여지껏 악기를 만져 본 일이 없는 그는 아무거라도 괜찮다고 했다. 퉁소를 사서 혼자 외로울 때 민요를 불어 볼 거라고 했다. 나는 그 많은 퉁소 중에서 겉으로 보아 깨끗하고, 불어 봐서 소리가 괜찮은 것 중에서 한 개를 고르라고 했다. 익원이 하나를 사는 동안, 어떤 낯선 청년이 다가오더니 자기에게도 쓸 만한 것으로 하나 골라 달라고 청했다. 나는 그가 부탁한 대로 하나를 골라 주었다. 그러나 퉁소를 시험해 봐 달라는 사람은 이 청년뿐이 아니었다. 노인 한 분과 다른 두 사람이 합류하자, 곧 우리 주위에는 퉁소 소리를 들으려고 많은 사람들이 둘러섰다. 나는 그다지 유쾌하지 않아 군중들을 뚫고 뛰쳐나가려고 했다. 그러자 그 장사꾼 노인이 달려오더니 나에게 전혀 다른 퉁소를 보여 주었다. 딱딱한 골죽으로 된 잘 다듬어지고 부드러운 장식이 있는 진짜 예술가용 퉁소였다. 그도 똑같은 것을 손에 쥐고 명령적인 어조로 함께 타령을 불어 보자고 말했다. 타령은 누구에게나 사랑받는 고전 음악이었다. 퉁소와 말투로 보아 이 노인

은 전에 음악 선생님이었거나, 왕실의 악사였음이 분명했다. 그는 이즈음 어디서나 유럽 음악만을 배우기 때문에 할 일이 없었던 것이다. 그는 고전 악기를 제대로 다룰 줄 아는 젊은 사람이 와서 자기와 다시 한번 타령을 불게 된 것을 무척 반가워했다. 그러나 나는 불기를 주저했다. 우리는 군중에 둘러싸여 야시장 한가운데 있었기 때문이다. 익원은 옆에서 조용히 듣고만 있었는데 흥미로워하는 표정을 지었다. 그러더니 나에게 귓속말을 하였다. 교복도 입지 않았고, 노인이 너무 기뻐하니까 조용히 한번 불어 보라는 것이었다. 내가 천천히 퉁소를 입에 대자 비단옷 차림의 그 노인도 같이 불기 시작했다. 우리 주변은 갑자기 조용해졌다. 이 예술인이 발걸음을 조금씩 옮기며 흥이 나서 조용한 밤을 향해 타령을 계속 불어 대는 동안 아무도 움직이지 않았고, 말소리 또한 내지 않고 조용히 듣고만 있었다. 새 일본인 거리 남쪽에서는 수많은 불빛이 반짝거렸고, 북쪽의 옛 한국인 지역은 어둠 속에 잠들어 있었다. 삼각산 위에는 벨벳처럼 검은 밤하늘이 펼쳐졌고, 옛 창덕궁은 과거 속으로 잠겨 들었다.

구학문과 신학문

익원은 나보다 훨씬 주의 깊게 철저히 공부했다. 그걸 이미 첫 학기에 알았고, 나중에 더 잘 알게 되었다. 나는 매일 강의 내용을 빠짐없이 받아쓰고, 그것을 어느 정도 이해하고 있어서 만족했다. 그러나 그는 신중하게 생각하면서 불명확한 점과 새 문제점들을 발견해 냈다. 그래서 우리는 자주 이 책 저 책을 다시 살펴야 했고, 끝없이 토론했다. 익원은 모든 과목을 매우 진지하게 공부했다. 그중에서도 특히 물리와 화학에 관해 많이 생각하는 것 같았다. 그가 '에테르'니 '원소'니 '에너지'니 하는 어려운 개념을 이해하려 노력하는 모습이 무엇보다 인상적이었다. 어느 때는 이 과목을 공부하느라 밤을 꼬박 새우기도 했고, 그래서 자정에야 비로소 생리학이나 해부학 등 다른 과목을 공부할 수 있었다.

그러한 밤이면 우리는 허기를 느꼈고, 밖에서 떡장수가 김이 무럭무럭 나는 떡을 사라고 소리 지를 때까지 끈기 있게 기다렸다. 떡장수는 벌써 어느 골목 어느 집에서 학생들이 한밤중까지 공부하며 허

기에 시달리고 있는지를 잘 알고 있었다. 떡장수 소리가 처음엔 멀리서 마치 모기 울음처럼 들리기 시작하더니, 점점 커져서는 우리 집의 높이 달린 창문 밑에 와서 딱 멎었다. 우리는 그가 떡 상자를 내려놓으며 뚜껑을 여는 소리를 들었다. 익원은 웃으면서 창문을 열고, 달콤한 소가 든 떡 두 개를 받았다. 떡장수의 노랫소리가 밤의 골목을 뚫고 멀어져 가는 동안 우리는 다시 책상 앞으로 돌아왔다.

익원의 책꽂이에는 학술 서적 외에도 많은 오락물들이 꽂혀 있다. 대부분 일본어로 번역된 유럽 소설들이었고, 나도 이름 정도는 알고 있는 것들이었다. 하루는 그 책들 중에서 철학책 몇 권을 발견했다. 나는 『존재의 이론』이라는 제목의 책을 꺼내 읽었다. 이날은 일요일이어서 익원은 학교 친구를 만나러 가고 없었고, 나 혼자 집에 있었다. 나는 익원이 돌아올 때까지 오후 내내 이 책을 재미있게 읽었다.

익원은 내가 그 책에 몰두해 있는 것을 보고 빙그레 웃었다. 그는 철학에 너무 매달리지 않는 것이 좋다고 했다. 왜냐하면 철학은 전공과목으로부터 나를 멀어지게 할 우려가 있기 때문이라고 했다. 그렇지 않아도 우리 동양 사람들은 너무 이론에만 치우친다고 했다.

그러나 나는 그 책을 멀리하기가 매우 어려웠다. 내가 보기에 철학은 인간이 제기할 수 있는 문제 중에서 가장 심오한 문제를 다루고 있었다. 내가 그것을 손에서 놓고 더 읽지 않으려고 결심을 해도 소용이 없었다. 계속해서 읽고 싶은 생각이 자꾸 드는 것을 어찌할 수 없었다. 익원의 경고에도 불구하고 나는 다음 날부터 다시 계속해서 철학책을 탐독했다.

"우리가 유럽 사람들에게 뒤떨어진 현대 학문은……."

어느 날 저녁, 익원이 말을 꺼냈다.

"철학적인 사고에서 생겨난 것이 아니고, 실질적인 자연 지식에서 생겨난 거야. 그것은 자연 과학에 있어서도 그렇고, 의학에 있어서도 그래. 우리 선조들이 항상 인간의 육체를 고전 철학에서 이해하려고 시도했던 것과는 달리, 서양 연구가들은 대담하게 육체를 해부하여 직접 눈으로 내부 기관을 관찰했지. 그들은 골똘히 생각하거나 고민하지 않고, 어디에 심장이 있고 어디에 위가 있으며, 어디에서 혈관과 신경선이 달리고 있는가를 직접 보았던 거야. 그들의 그러한 대담한 용기 덕분에 우리는 결국 옛날 것보다 몇 백 배나 더 위대한 현대 의학을 얻게 된 거지."

우리 옛 전통적인 한방 의학에 관해서는 익원이나 나나 아는 바가 전혀 없었다. 한의학이 비록 우리의 연구 분야에 속해 있었지만, 우리는 이제까지 오랜 전통은 모두 낡고 더 이상 쓸모없는 것이라 여기고 전혀 거들떠보지 않았다. 우리는 옛 한의원들이 어떻게 공부하였고, 한의학을 학문적으로 어떻게 구분하였는지 전혀 알지 못했다. 우리는 한의원이 되기 위해서 적어도 십 년은 공부해야 된다고 알고 있었다. 그래서 귀밑머리가 세지 않은 한의사는 한 명도 없다는 말까지 들었다.

이때 다행스럽고 우연하게도 이 희귀한 책이 우리 손에 굴러들어왔다. 익원이 친척 아저씨가 한의원이었던 한 친구를 방문했을 때, 그 친구가 보여 준 책을 빌려 온 것이었다. 그 친구는 친척 아저씨가 책을 모두 불태웠는데, 그중 한 권을 구해 보관해 두었던 귀중한 책이라고 했다. 우리는 해부학의 일부를 묘사하고 있는 이 두툼한 책을 조심스럽게 뒤졌다. 책에는 인간의 육체를 여러 부분으로 나누어 먹으로 그린 그림들이 실려 있었다. 몸 전체에 많은 선과 점이 어지럽게 그려져 있었고, 복잡한 명칭이 표기되어 있었다. 이 선들은 생명선인 것 같았다. 선의 경로는 혈관이나 신경에 일치하지 않았다. 마지막 장에는 먹으로 그린 신체 내부의 해부 그림 몇 장이 딸려 있었다. 내부 기관의 외형적인 형태가 마치 아무렇게나 그린 예술가의 스케치처럼 단순하고 조잡했다. 위나 심장의 모양은 우리 교과서의 그림과 똑같았다. 그런데 간은 아주 놀라웠다. 일곱 개의 작은 엽으로 되어 있고, 그것은 왼쪽 폐에서 우리가 소순환계의 상징으로 생각하는 심장까지 연속적으로 걸려 있었다.

우리는 이 졸렬한 해부학 그림을 보며 웃었다. 그러나 책의 저자가 직접 보지도 않고 이 정도까지 정확히 내부 기관을 그린 재주에는 놀라지 않을 수 없었다. 한의원들은 한 번도 해부를 해 보지 않았다. 그들은 다만 신체의 외부를 더듬어서 내부를 추측했을 뿐이었다.

이 신통한 한의원들은 환자의 신체를 만지는 일조차 없었다. 그들은 환자의 등을 두드리지도 않았고, 내부 기관을 청진하지도 않았다. 다만 환자의 얼굴을 들여다보고 환자가 이야기하는 것을 조심스럽게 듣고서 진맥을 하였다. 그리고 나서 처방을 쓰면 이 처방에 따라 조수가 약을 지었다. 조제실에는 필요한 모든 약초와 뿌리가 보관되어 있었고, 거기에서 의원의 감시하에 탕약과 환약, 고약 등이 제조되었다. 그 외의 다른 치료는 없었다. 한의원은 수술도 주사도 방사선도 알지 못했다. 다만 병에 따라 여러 곳에 침을 놓았다. 침은 생명선이 지나는 곳에 놓았다. 생명선이 방해를 받으면 병이 된다고 했다.

이렇게 단순한 기술을 배우는 데 그렇게 많은 시간이 걸렸을까? 그들도 인간 존재의 의의에 대해서 오랫동안 철학적으로 생각했을까? 그들이 약초 연구에 그렇게 많은 시간을 투자했을까?

우리는 한의학에 관한 책을 본 일이 없었고, 인간 신체의 구조에 관한 책도 구경한 일이 없었다. 그러한 책은 책방에서도 살 수 없었는데, 한의원들은 자기 책을 비밀문서처럼 감추고 혼자만 보았다.

인간의 육체는, 특히 영혼이 몸에서 떠난 다음에는, 성스러운 것으로 간주되었다. 그래서 인간은 시체를 땅에 묻어서 완벽하게 자연에 복귀할 수 있게 했다. 그렇게 함으로써 주위 사람들과 후손들에게 불행이 오지 않도록 했다. 그러한 까닭에 비록 의사가 시체를 해부할지라도, 그것은 자연법칙과 영혼에 대한 죄로 간주되었다. 그래서 한국 사람만이 다녔던 우리 대학의 초창기엔 학생들이 해부 실습을 거부했다는 사실도 이해할 수 있었다. 그들은 아마 현대 의학이 한의학보다 훨씬 더 발전했다고 생각하여 강의를 받았으나, 여전히 시체를 해부하는 것은 큰 죄악으로 여겼을 것이다.

서구 문화가 우리나라에 처음 도입되었던 수십 년 전에는 그러했을 것이다. 이런 낡은 견해를 오래전부터 벗어 버린 우리 자신도 어느 겨울 오후, 처음으로 잿빛 해부실로 들어갔을 때에는 기분이 별로 좋지 않았다. 나와 익원은 다른 여섯 명과 함께 해부 실습 대상인 청년의 시체가 놓인 책상 쪽으로 천천히 걸어갔다. 우리는 얼마쯤 떨어져서 창백한 시체를 응시했다. 이 죽은 자는 대지의 그늘 속에 묻혀서 쉬는 대신, 차가운 철제 테이블 위에 알몸으로 누워서 겨울 햇볕을 쬐고 있었다. 익원은 슬픈 표정으로 나를 바라보고 내 손을 잡았다.

"향조차 안 피우고!"

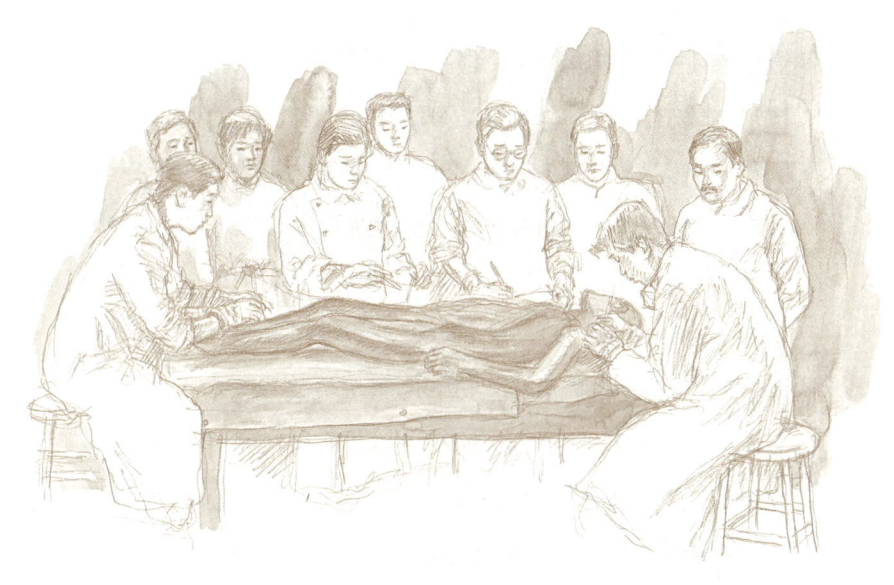

그는 못마땅한 듯 중얼거렸다.

교수가 들어와서 장 기관의 위치를 살펴보라고 했다. 그는 시체 해부는 인간의 권위를 침범하는 것이 아니라고 설명했다. 그는 오히려 지상에 남은 육체를 높은 학문의 제단에 바치는 것이라고 강조했다. 그리하여 죽은 이에게 큰 명예를 부여하는 것으로 생각하라고 말했다. 그는 우리 중 한 사람이 용감하게 나서서 갈비뼈 위 피부를 아래로 절개하라고 했다. 그러나 아무도 움직이지 않았다. 마침내 한 학생이 주저하면서 천천히 그의 도구 상자를 끄집어내어서는 명령대로 했다. 그다음에는 다른 학생의 차례가 왔고, 우리는 복막 주름이 깨끗이 드러날 때까지 그 작업을 했다.

우리가 등불 아래에서 모든 기관을 보고 집으로 돌아갈 때에는 날이 벌써 어두워져 있었다. 집에 돌아와서 우리는 식사를 거부하고, 온밤을 침묵으로 지새웠다. 서로 주고받을 만한 이야깃거리를 찾지 못했다. 우리 주위에 있는 모든 것, 학문과 철학, 자연과 인간의 삶, 그 모두가 무의미해 보였다. 학교에서 나올 때 뜨거운 물에 깨끗이 목욕을 하고 싶었다. 그러나 내 자신의 육체를 보고, 손으로 내 피부를 만진다는 게 겁이 났다. 나는 꼼짝도 않고 누워서, 오늘 오후에 있었던 무서운 광경을 잊어버리려고 무진 애를 썼다. 익원은 책상 앞에 앉은 채 이 책 저 책을 뒤적거리더니 그만 내던져 버리고는 이런 말들을 내뱉었다.

"에이 소름 끼쳐."

"야만적이야!"

"무서워."

그러나 마침내 흥분을 진정시킬 만한 책을 발견한 것 같았다. 그는 계속 쉬지 않고 책을 읽었다. 나는 어렴풋이 잠이 들었다 깨었다 하면서 그가 밤새 책을 읽는 것을 보았다.

"너 계속해서 의학을 공부할 거니?"

다음 날 아침에 그가 물었다.

"모르겠어."

나는 이렇게 대답했다.

작별

3학년 때의 일이었다.

어느 날 오후, 안과학 수업이 끝나고 강의실을 나오는데 상규에게 붙들렸다. 상규는 나와 꽤 친한 아이였다. 그는 나지막한 목소리로 내일 저녁에 중대한 회의가 있으니 남은 식당으로 오지 않겠느냐고 물었다. 나는 그러기로 약속하고, 무슨 일이냐고 물었다. 상규는 나를 으슥한 곳으로 데리고 가더니 거의 속삭이듯 말했다.

그는 한국 전문학교의 많은 학생들로부터 이상한 이야기를 들었는데, 그 문제에 대해 이야기를 할 거라고 했다. 우리 민족은 곧 부정한 일본 정책에 대항해서 시위를 벌일 것이며, 모든 한국 학생들이 이에 가담할 것이라고 했다. 그러므로 우선 우리 학교의 믿을 만한 한국 학생들에게 우리도 그 일에 참가해야 하는지를 물어보려는 것이라고 했다.

상규에게서 초대받은 익원 역시 매우 신중하게 생각하는 것 같았다. 그는 집으로 돌아오면서 한마디도 하지 않았다. 우리는 저녁 과제를 빨리 마친 다음, 우리 민족이 일본 정부에게 무엇을 요구해야 하는가에 대해 토론을 벌였다. 선거법? 그렇지 않으면 자국의 군대 문제? 혹은 자치 문제?

"어쨌든 정치에 관한 문제일 거야."

익원은 무뚝뚝하게 말했다.

"우리가 참가한 사실이 당국에 알려지면 처벌을 받는다는 걸 알고 있니?"

"물론 알고 있어."

"정부가 운영하는 학교에서 공부하는 우리는 더욱 심하게 당할 거야. 학교에 고마운 마음을 갖고 결코 정치적인 시위에 참가해서는 안 된다는 것이겠지."

우리가 참가해야 할 것인가, 그렇지 않으면 방관해야 할 것인가 하는 큰 문제에 부닥뜨린 것이었다. 우리는 어떤 대가도 바라지 않고 우리를 고상한 학문으로 인도해 준 이 학교에 감사했다. 게다가 우리는 국비로 명소를 구경했고, 유명한 학자며 승려며 정치인들을 만나고 있었다.

익원은 오랫동안 입을 다물고 깊은 생각에 잠겼다.

"그래, 네 생각으로는 우리가 어떻게 하는 것이 좋겠니?"

그가 물었다.

"나도 모르겠어."

"그렇지만 민족 모두에게 관계되는 일이라면 우리도 함께 행동해야지."

"물론 그렇긴 해."

"그럼 네 의견은 어때?"

나는 잠자코 있었다.

"제기랄, 어쩌면 좋지?"

그는 중얼거렸다.

"아무튼 우리는 같이 행동하자."

"물론이지."

이튿날 저녁, 우리는 남은 식당에 갔다. 그곳엔 열 명 정도의 학생들이 모여 있었다. 상규가 시위 준비는 이미 상당히 진행되었고, 이 사실을 국립 대학교 학생들만이 전혀 모르고 있다고 설명했다. 또 사람들이 우리를 '반 왜놈'이라고 하며 믿지 않는다고 했다. 모두가 긴장해서 그의 이야기에 귀를 기울였다. 우리는 참가하기로 의견을 모았다. 아무도 반대하는 사람은 없었다. 그러나 어느 누구도 이 시위를 누가 먼저 일으켰으며, 어떻게 조직되었고, 일본 정부에 무엇을 요구할 것인지 알지 못했다. 그럼에도 불구하고 모든 동료들은 참가하기를 원했다.

그러고 나서 우리는 오랫동안 우리의 유구한 문화와 우리 조상의 문화유산에 대해서 이야기하였고, 또 일본 놈은 벼락출세한 얼간이일 뿐이라고 비난했다. 우리는 세계 최초로 발명한 인쇄 활자며 거북선, 도자기, 한지, 기타 우리 조상들이 세계에서 가장 먼저 발견했던 여러 가지 발명품들에 대해서 이야기했다. 우리 중에서 성격이 제일 조용하고, 생각이 깊은 익원이까지도 오랫동안 다른 사람들의 이야기를 듣고 난 다음, "잘됐어, 우리도 참여하자." 하고 결론을 내렸다. 마치 우리 의학 전문학교 학생들이 마지막 장벽이었던 것처럼 느껴졌다.

운동에 참여할 대중들은 목적을 향해 돌진하였다. 상규는 종종 우리에게 시위의 새로운 준비며, 국기, 선전물, 행진 순서 등에 관한 소식을 전해 주었다. 마침내 그는 삼월 초하루 오후 두 시에 첫 시위가 종로의 파고다 공원에서 시작된다는 중요한 소식을 알렸다.

그날은 따뜻하고 화창한 아름다운 봄날이었다.

내가 일어났을 때 익원은 벌써 교복을 입고 있었다. 나는 며칠 전부터 전염성 피부염 때문에 결석을 하고, 오늘도 학교에 나가지 않고 집에 있었다.

"늦지 말고 정각에 공원으로 나와."

그는 악수를 청하면서 말했다.

"거기서 만날 수 있게 말이야. 같이 행진을 할 거야."

"그래, 알았어."

그는 나가면서 빙그레 웃었다.

우리는 거의 잠을 자지 못했다. 납덩어리처럼 무거운 피로가 나를 이불 속에 파묻어서, 일어나기가 매우 힘들었다.

오후 두 시. 공원은 벌써 경관들에게 포위되었고, 공원 안은 손바닥만 한 틈도 없이 사람들로 가득 차 있었다. 나는 불과 열 발짝도 더 걸을 수가 없었다. 익원과 다른 학생들을 그 근처에서는 찾아볼 수 없었다. 나는 담장 구석에 서서 점점 더 많은 학생들이 입구를 통해 몰려들어 오는 것을 보았다. 갑자기 무거운 정적이 흘렀고, 누군가가 조용한 가운데 연단에서 독립 선언서를 소리 높여 읽었다. 나는 너무나 멀리 떨어져 있었기 때문에 내용을 제대로 알아들을 수 없었다.

잠깐 동안 침묵이 흐르더니, 잠시 후 그칠 줄 모르는 '만세' 소리가 천지를 진동했다. 그 조그마한 공원이 진동하고 폭발해 버릴 것 같았다. 공중에는 각양각색의 선전물이 휘날렸고, 군중들이 공원에서 쏟아져 나와 시가를 행진하였다. 우레 같은 만세 소리가 터져 나왔고, 사방에서 선전물이 마구 날리는 가운데 군중들은 행진을 계속했다.

나도 선전문을 한 장 받아서 읽었다. 일본에 의한 한국 민족의 합병은 부당하며, 이것은 앞으로 효력이 없다고 쓰여 있었다. 그리고 한국인은 자유로운 민족으로서 자기 운명을 스스로 결정할 권리를 갖고 있으니, 그 권리를 반환하라고 요구하였다. 나는 선언서를 몇 번이나 되풀이하여 읽고, 행진 대열에 참가했다.

공원의 입구에서 누군가가 한 뭉치의 선전물을 내 손에 안겨 주고는 명령하듯이 짧게 소리쳤다.

"뿌려라!"

길은 벌써 인산인해를 이루었고, 갑작스러운 사태에 놀라 멍하니 서 있던 사람들이 서로 선전물을 받았다.

"이제야!"

몇 사람이 부르짖었다.

"학생들이여! 청년들이여! 자, 이제 때가 왔다!"

또 다른 사람들도 고함을 질렀다. 여자들은 통곡하고, 부들부들 떨면서도 우리에게 마실 것과 먹을 것을 날라다 주었다.

경찰관들은 일절 개입하지 않았다. 그들은 시내로 통하는 길을 완전히 개방하고 있었다. 중무장을 한 경찰관들은 학생들이 어떤 폭력 행위를 할까 날카롭게 감시하면서 관청 건물과 영사관만을 에워싸고 있었다.

우리는 저녁때가 되어 비로소 우리가 제지당하고 있다는 것을 깨달았다. 행동의 자유는 점점 좁혀졌다. 우리가 이미 행진했던 구역은 경찰과 병정들에 의해 점령되었고, 우리는 점점 폐쇄당하고 있었다. 프랑스 영사관 앞에서 우리가 자유 민족임을 거리낌 없이 선언한 다음 총독부로 행진하려 했을 때, 우리는 완전히 포위당하고 말았다. 모든 도로의 양옆에는 중무장한 경찰들이, 한가운데에는 병정들이 넉 줄로 서 있었다. 양쪽은 잠시 동안 서로 어찌할 바를 몰라 대치하고 있었다. 그러자 병정의 앞줄에서 하얗게 번쩍이는 총검이 군중을 향해 돌진하였다. 맨 앞줄의 군중들은 용감하게 대항하고 있는데, 뒤에서는 공포에 휩싸여 전 대열이 후퇴하였다. 이리하여 우리는 대치 상태에서 패하고 말았다. 비탄의 소리와 흐느껴 대는 소리만 들리고 더 이상 만세 소리는 들리지 않는다. 그 순간 병정들은 우리를 한길로 몰아넣었고, 다음 부대가 우리를 받아서는 다시금 몰아냈다.

　나는 부상을 입지 않고 집으로 왔으나 곧 잠이 들었다. 내가 다시 일어났을 때에는 이미 날이 어두워져 있었다. 그런데 익원은 아직 돌아오지 않았다. 나는 깜짝 놀라 곧바로 그를 찾으러 나갔다.
　바깥은 삼엄하였다. 길에는 사람의 그림자도 보이지 않았다. 어두컴컴한 길 양쪽에는 기관총을 든 병정들이 서 있었고, 검은 장갑차가 쉬지 않고 지나갔다.
　나는 조심스럽게 이 골목 저 골목 학우들을 찾아 나섰다. 그러나 아무도 익원이 어떻게 되었는지 알지 못했다. 나는 아무런 소득도 없이 하숙집을 한 집 한 집 들러 보았다. 그러다가 어느 길모퉁이에서 순찰 중인 상규를 만났다. 그는 거의 모든 친구를 만나 본 끝에 익원을 비롯하여 다섯 명의 동료가 행방불명이 된 사실을 확인했다고 말했다.
　자정이 지나 집으로 돌아왔으나, 방 안은 여전히 비어 있었다. 처량한 밤이 서서히 지나갔다.

다음 날 아침, 상규는 익원과 다른 네 명의 학우가 가벼운 부상을 입고 감방에 갇혀 있다는 사실을 알려 주었다. 그러고는 감금된 친구들에게 식사를 갖다주려고 했다.

이 민족 봉기는 그동안 바람처럼 대도시에서 소도시로, 그리고 장터와 마을에 이르기까지 전파되었다. 고향에서는 기섭이와 만수가 다른 친구들과 함께 감옥에 들어갔다는 소식이 들려왔다. 대학생들과 중학생들 다음에는 상인들이 일어나기 시작했고, 그다음에는 노동자와 농민들이, 끝으로 한국인 관리들까지도 이 시위운동에 참여했다. 총독부는 곤경에 빠지게 되었고, 계속 일본 군대의 파견을 요청했다. 군대는 십 년 전 우리나라가 합병된 때와 같이 낮이고 밤이고 행군했다.

도처에서 피를 흘리고 있었다. 대부분이 기독교인이었던 어느 마을에서는 전 주민을 교회에 가두어 놓은 채 불을 질러 그대로 태워 죽였다. 낡은 감옥과 유치장이 확장되고, 새 건물이 계속 건축되었다. 경찰들은 밤이나 낮이나 고문을 계속했다. 서울에 있는 대학생들은 네 번째 시위를 마지막으로, 지하로 잠복하여 비밀 행동에 들어갔다. 나는 선전물을 만드는 일을 맡게 되었다.

일본 정부는 이 반란을 군사적으로 진압한 후에, 하세가와 총독을 해임하고 그 후임으로 사이토 해군 제독을 한국에 보내어 실제로 화해 정책을 펴도록 했다. 그는 우선, 세무원, 교사, 통역관, 의사를 막론하고 일본 제복을 입고 일본 칼을 차고 다니던 모든 관리를 무장 해제시켰다. 민중에게는 공포의 상징이었던 헌병이 해체되었고, 경찰의 고문도 금지되었다. 한국인의 봉급은 일본인과 동일하게 되었고, 언론의 자유가 선포되었다. 한국인 학교는 일본인 학교와 평등하게 되었고, 서울에 제국 대학을 창설하였다.

화해 행위로 보이는 이 정책과는 반대로, 삼일 운동에 참여했던 사람들을 중형에 처했다. 재판소는 이 운동의 주모자를 구형하기에 바빴고, 경찰은 운동의 모든 참가자를 적발하고 체포하는 데 밤낮을 가리지 않았다. 쫓기는 사람들은 외국으로 도망쳤고, 나 역시 학생복을 벗어 버리고 고향으로 내려갔다.

불안한 이 기간 동안에, 나는 어머니에게 서울에서 무슨 일이 일어났는가를 암시적으로 몇 번 보고하였다. 그 때문에 어머니는 몹시 걱정을 하셨다. 내가 직접 경험하고 행동했던 모든 일들을 어머니에게 샅샅이 이야기했더니, 어머니는 그만 파랗게 질리셨다. 어머니는 말 한마디 하지 않고 방에서 나가셨다.

나는 깊은 잠에 빠졌다. 지난 한 달 동안은 거의 제대로 잠을 잘 수가 없었으므로 매우 지쳐 있었다.

저녁에 어머니가 방으로 들어오셨다.

"너는 도망쳐야 한다."

어머니가 말씀을 꺼내셨다.

"도망이라니요?"

나는 무슨 뜻인지 몰라서 되물었다. 무엇을 곰곰이 생각할 겨를

이 없었다. 너무나 지쳐 있었기 때문이다.

"그래, 너는 도망쳐야 한다."

어머니는 거듭 말씀하셨다.

"국경인 압록강 상류는 경계가 아직 그렇게 심하지 않다는 말을 들었다. 그곳에 가면 아직 북쪽으로 도망칠 수 있을 게다."

나는 잠자코 있었다.

그 많은 학생들이 도망치다가 붙잡혀 체포되고, 또 사살당했다는 소식을 들었기 때문에 도망칠 용기가 나지 않았다. 그렇지만 어머니는 그다지 위험하게 생각하시지 않는 것 같았다. 이미 많은 학생들이 국경을 넘는 데 성공하였고, 또 그곳에서 잘 살 수 있을 거라고 말씀하셨다. 나 역시 그렇게 해서 국경을 넘고, 학문을 계속하기 위해 여권을 만들어 유럽으로 가야 한다고 하셨다.

유럽이라는 단어부터가 나에게 용기를 불러일으키지 못했다. 나는 유럽에서의 공부가 모든 면에서 얼마나 어려우며, 또 언어 한 가지만 하더라도 아시아 사람에게는 극복할 수 없는 장애물이라는 것을 알고 있었다.

그러나 어머니가 계속해서 설득하셨기 때문에 어머니를 안심시켜 드리기 위해서라도 도망치지 않을 수 없다고 생각했다. 나는 불안하게 어머니 곁에서 계속 지내는 것보다는, 차라리 떠나는 것이 걱정을 덜어 드리는 것이라고 생각했다. 나는 이 시위에 참여한 것을 후회할 지경에까지 이르렀다.

그다음 날 저녁, 나는 떠날 준비를 끝냈다. 어머니는 내가 집에 더

이상 머물지 않기를 바라셨다. 내가 국경을 넘을 때까지는 아무도 나의 출발을 알지 못했다.

어머니는 나에게 가벼운 양복과, 호주머니에 넣고 다닐 수 있는 줄이 달린 은시계와 돈 보따리가 든 조그마한 버드나무 고리를 주셨다. 그것이 내가 어릴 때부터 그토록 꿈꾸었던 다른 세계로의 여행에 가져갈 수 있는 전 재산이었다.

안개와 어둠을 무릅쓰고, 어머니는 마을에서 나가는 길로 나를 멀리까지 바래다주셨다.

"넌 겁쟁이가 아니야."

어머니는 한참 동안 조용히 걷다가 말씀하셨다.

"너는 종종 낙심하는 일이 있기는 했으나, 그래도 네 일에 충실했었다. 나는 너를 굳게 믿는다. 그러니 용기를 내거라. 너라면 수월하게 국경을 넘고, 결국 유럽에도 도착할 수 있을 게다. 내 걱정은 하지 말아라. 네가 다시 돌아올 때까지 참고 기다리겠다. 세월은 빨리 가느니라. 설령 우리가 다시 만나지 못하더라도 너무 서러워 말아라. 너는 나에게 정말 많은 기쁨을 주었다. 자, 얘야! 이젠 네 길을 가거라!"

압록강은 흐른다

 나는 중국과 접한 국경에 있는 거대한 압록강에 접근하였다. 곳곳에 사람의 키만큼이나 큰 갈대가 있었고, 밭이나 논은 거의 없었다. 그래서 점점 더 가기가 어려웠다. 이른 아침부터 밤늦게까지 무장한 병정들이 순찰을 돌았고 이따금씩 총성이 울렸다. 특히 도피자가 많을 것으로 예상되는 밤 시간엔 총성이 더욱 잦았다. 나는 아주 조심스럽게 농부인지 어부인지 알 수 없는 사람에게 인도되어, 간신히 어느 오두막집에 닿았다. 거기에서 나를 강 건너에 데려다줄 사공을 기다렸다.

 다음 날 밤에 나처럼 강을 건너려는 다른 학생 둘이 이 오두막집에 왔다. 그들은 나보다 더 어려 보였다. 그중 창백하고 겁에 질린 듯한 학생은 열일곱 살도 안 된 것 같았다. 그는 도망치려는 것을 후회하는 것 같았다. 그는 말없이 앉아서 줄곧 앞만 바라보고 있었다.

 사흘째 되는 날 밤에야 나이 많은 사공이 와서 자기를 따라오라고 말했다. 우리는 달빛이 밝아 쉽게 발각될까 봐 떠나기를 주저했다.

그러나 사공은 오히려 달빛이 밝을 때에 국경 감시가 그리 심하지 않다고 말했다. 우리는 그를 믿고 갈대밭 사이의 거의 알아볼 수 없는 길을 따라갔다. 이렇게 한 시간 이상 열심히 가다가 어느 작은 숲에 닿았다. 여기서 사공이 휘파람을 짧게 불었다. 저쪽 덤불 속에서도 비슷한 휘파람 소리가 들려왔다. 그리고 나서 두 남자가 나타나 우리를 강기슭까지 데리고 갔다. 여기서 우리는 기절할 만큼 놀랐다. 강물은 하구에 가까워지면서 더 이상 강이 아닌 바다처럼 넓었다.

우리가 꼼짝도 않고 가만히 서 있는 동안, 사공들끼리 한참 속삭이더니 조그마한 통나무배 세 척을 뗏목에서 풀었다. 이 배는 너무 작아 두 사람이 간신히 앉을 수 있었다. 그들은 우리를 한 사람씩 배에 태워 간격을 두고 차례로 강기슭에서 떠났다. 우리는 조용히 이 거대한 물결을 헤쳐 갔다. 마치 영원 속으로 사라지는 것 같았다. 강 한복판에 이르렀을 때, 멀리서 몇 방의 총소리가 들렸다. 나와 함께 탄 사공은 웃으면서 잠자코 있으라고 손짓을 했다. 나중에야 그것이 때때로 철교 위에서 경고 삼아 쏘는 총성일 거라고 조용히 알려 주었다. 아무도 반짝이는 이 수면 위의 우리를 발견할 수 없었을 것이다.

우리가 강 건너편에 닿았을 때에는 이미 한밤중이었다. 사공들은 우리에게 중국 국경 도시까지 가는 데 세 시간 정도 걸리는 길을 일러 주었다. 그러곤 짧게 작별 인사를 나누고 떠났다. 우리는 잠시 동안 우두커니 서서 세 척의 배가 서서히 우리 고향 쪽으로 되돌아가는 것을 바라보았다. 그리고 묵묵히 난생처음 중국의 자갈길을 걷기 시작했다.

이미 날이 훤히 밝았다. 우리는 오랫동안 찾아 헤맨 끝에 소개받은 작은 한국 음식점을 발견했다. 그곳에 들어가자마자 곧바로 잠이 들었다.

그날 오후 우리는 헤어졌다. 우리 중에서 제일 나이 어린 아이는 장춘으로, 제일 나이 많은 아이는 심양으로 떠났다.

나는 생전 처음 보는 이 중국 거리를 걸었다. 좁은 거리엔 사람들이 가득했고, 한국 도시보다 더 생기가 돌고 소란스러웠다. 글씨가 금색으로 쓰인 간판이 많았으나 건물들이 깨끗하지 않고, 사람들의 옷이 푸른색이어서 분위기가 음울했다. 그래서 어디를 가나 생소하고, 이상한 냄새까지 풍겼다.

나는 한 번 더 압록강을 구경했다. 강은 언덕과 저녁노을 빛 속에서 모래사장 위를 고요히 흐르고 있었다. 강은 여기서 좁아져서 그 폭이 반 킬로미터도 안 되는 것 같아 보였다. 맞은편 언덕에 있는 사람들의 얼굴을 거의 알아볼 수 있을 것 같았다. 그들은 그물을 널고 있었으며, 부인들과 젊은 여자들이 저녁밥을 지으려고 콩 껍질을 까는 것 같았다. 아이들은 장난치며 씨름을 하고 있었다.

오랜 옛날부터 우리 고국을 이 무한한 만주 벌판과 분리시키고 있는 국경의 강은 쉬지 않고 흐르고 흘렀다. 이쪽은 모든 것이 크고 어둡고 진지했으나, 저쪽은 모든 것이 작고 맑게 보였다. 초가집들이 언덕 여기저기에 흩어져 있었다. 벌써 저녁연기가 이 집 저 집의 굴뚝에서 솟아올랐다. 저 멀리 맑은 가을 하늘 아래에 산들이 잇달아 늘어서 있었다. 산은 햇빛에 빛나고 있었고, 황혼의 아름다운 빛에 물들었다가 서서히 푸른 노을 속으로 잠겨 갔다.

나는 먼 남쪽 수양산의 골짜기며 냇물을 바라보는 듯했고, 어렸을 때 저녁마다 장엄한 저녁 음악을 들었던 이 층 누각이 눈앞에 선했다. 저 남쪽 고향 땅으로 나를 데려다주는 그 장엄한 소리를 듣는 것 같은 착각에 빠졌다.

압록강은 끝없이 흐르고 있었다. 어느덧 날이 어두워졌다. 나는 언덕에서 내려와 역으로 걸어갔다.

내가 탄 기차가 북쪽을 향해 달리는 동안 음울한 하늘이 끝없는 평야 위를 덮고 있었다. 고향에서 산과 언덕, 계곡과 골짜기만을 보아 왔던 까닭에 이 드넓은 평야에 그만 놀라고 말았다. 광활한 평야에 대한 이야기를 들을 때마다 약간 언덕진 것만을 상상했었다. 이렇게 평평하리라고는 생각조차 못 했다. 높은 곳도 없고 움푹 들어간 곳도 없이 그저 한없이 평탄하기만 했다. 어디선가 폭풍이 일어나 두꺼운 먼지구름이 우리에게로 몰려왔다. 옛날 몽고와 만주의 기마군단이 이곳으로 어떻게 밀어닥쳤는가를 상상할 수 있었다. 남쪽 하늘이 다시 개고, 창백한 달빛이 온 벌판을 비치었다.

만주의 수도인 심양도 이와 같은 광활한 평야에 위치하고 있었기 때문에, 그 육중한 성벽은 공포감을 자아냈다. 중앙아시아에서 불어오는 폭풍과 몽고 사막에서 날아오는 먼지에 둘러싸인 이 성은 한때 전 아시아로 확대하려던 만주 세력의 본거지였다. 나는 마차를 타고 도시로 가서, 예전엔 마적이었으나 현재 이 만주 지방을 자기 나름의 구식 제도로 다스리는 장작림(장쮀린) 장군의 궁성을 둘러보았다. 성벽 밖에 있는 처형장의 광경은 정말 무서웠다. 이 처참한 처형장의 주변에는 처형당한 자들의 묘가 즐비했다. 개개의 묘 앞에는 비와 먼지로 얼룩진 나무판에 이름과 나이와 직업이 적혀 있었다. 벌판의 한가운데에는 그 무서운 처형 행위가 집행되는 큰 정자가 서 있었다.

심양의 기차역에는 대합실이 없었다. 넓은 하늘 아래 나를 북경으로 실어다 줄 황색 차량이 한낮의 뜨거운 햇빛을 받으며 줄지어 서 있었다. 열차는 곧 만원이 되었고, 모두들 좀처럼 떠나지 못하는 기차가 빨리 출발하기를 기다리고 있었다. 이미 가을인데도 날이 무더워 점점 견딜 수 없게 되었다. 기차는 예정보다 한 시간이나 늦게 출발하였다. 이 급행열차의 출발에 승객들은 안도의 한숨을 내쉬었다. 기차는 곧 예상치 않았던 급속력을 내기 시작했다. 우리는 푸른 하늘 아래, 옛날에는 중국과 만주 간의 비무장 지대였던 칠백 마일 폭의 광활한 요동 평야를 통과했다. 들판과 가옥과 묘지가 주마등처럼 빠르게 우리 앞을 스쳐 갔다. 가까이에서 항만이 나타났다가, 멀리에서 산봉우리나 산맥들이 떠오르기도 했다. 기차는 계속해서 저 오랜 역사의 중국을 향해 달리고 있었다.

저녁이 되었다. 좁은 의자에서나마 몸을 펼 수 있는 사람은 한 사람씩 잠이 들기 시작했고, 또 차례로 코를 골기 시작했다. 그동안에도 기차는 발해만을 끼고 계속해서 서쪽으로 질주했다. 한밤중에야 달이 떠올라서 불빛이 희미한 객차 안을 비추기 시작했다.

내가 잠깐 동안의 깊은 잠에서 깨었을 때, 기차는 정차해 있었다.

내 옆에 앉았던 사람은 꼼짝도 하지 않고 창밖을 내다보고 있었다. 나도 그의 시선을 따라가 보았다. 밖은 아직 새벽의 희미한 어둠에 휩싸여 있었으나 높고 푸르게 빛나는 산이 하늘에 솟아 있었고, 그 위에는 엷은 회색으로 빛나는 성벽이 하늘과 닿아 있었다. 그것이 바로 이천 년 전, 진시황제가 쌓게 한 불가사의한 만리장성이라는 것을 알았을 때 나는 심한 전율을 느꼈다. 그러고 보니 내가 전에 역사책에서 배운 것은 결코 전설이 아니었다. 그 옛날 찬란하게 번영했던 이 나라를 침범하려는 야만족을 막기 위하여 돌멩이 하나하나를 실제로 산꼭대기까지 짊어지고 올라가 이 요새를 만들었던 것이다. 나는 지금 내 눈앞에서 사람들이 일하는 모습이 보이는 것 같았다. 긴 역사를 자랑하는 이 만리장성은 푸른 하늘을 향해 점점 밝게 빛났다.

우리는 중국과 만주의 국경 도시인 산해관(산하이관)에 도착했다. 관리들이 여행자들의 모든 짐을 다 조사할 때까지는 거의 한나절이나 걸렸다. 중국 사람들은 모두 자기 짐을 푸는 것을 거부하며 그냥 그 속에 들어 있는 물건이 무엇인지 늘어놓았다. 관리들은 참을성 있게 그들 한 사람마다 이야기를 들어 주고, 그래도 짐을 풀어 보아야겠다고 다시 말했다.

"도대체 왜 그러는 겁니까?"

한 여행객이 물었다.

"그 속에 아편이 들어 있지 않나 확인해 봐야겠습니다."

"없습니다."

다른 중국인 한 사람이 또 한 번 말하고는 빙그레 웃었다.
"그렇지만 짐 내용을 직접 봐야만 하겠습니다."
관리도 웃으면서 말했다.
"새 규정입니다."

세 명의 세관원이 우리 객차에서 떠날 때까지 모든 승객은 이 과정을 거쳐야 했다. 우리는 마침내 안도의 숨을 내쉬었다. 열차는 서서히 움직여서 긴 플랫폼을 지나고 동방의 다른 민족의 문지방을 조심스럽게 넘어섰다. 거대한 만리장성이 우리를 둘러싸고 있었다.

나는 천진(톈진)에서 북경(베이징) 쪽으로 가지 않고, 시간을 아끼기 위해 남경(난징)행 기차를 탔다. 북경 역시 볼만한 도시이기는 하나, 중국 사람보다는 타타르 민족의 기질을 더 가진 북쪽의 그 도시를 보고 싶은 생각이 별로 나지 않았다.

남쪽으로 가는 도중에 진기한 풍경을 보았다. 빨간색과 갈색 돛을 달고, 따뜻한 가을 하늘 아래서 무르익은 곡식밭 사이를 유유히 지나가는 수많은 돛배들은 장관이었다. 그것은 수나라의 향락적인 황제가 제국의 남쪽으로 항해하기 위해 만들게 한 바로 그 삼천 리 운하였다.

그 황제의 배는 세상에서 제일 아름다운 미녀들이 비단 밧줄로 낮에는 천천히, 달빛 아래서는 더욱 천천히 끌었다고 한다. 그는 아마 자기보다 이천 년 전쯤에 한 위인이 이 벌판을 돌아다니면서 인류에게 사치와 방탕을 경고한 사실을 잊었던 모양이었다.

우리는 공자가 탄생한 노나라인 지금의 산동성(산둥성) 지방을 달렸다. 중국 사람들이 오늘날 이 세상에서 가장 부지런하고 평화스러운 민족으로 분수에 만족하고 사는 것은 그의 가르침 덕분이었다.

나는 그의 묘소를 얼마나 순례하고 싶었는지 모른다. 그의 묘에 참배하고, 적어도 그가 어떤 길을 걸었는가를 알고 싶었다. 그러나 나는 내 갈 길을 재촉해야 했다. 그가 한 번쯤 머물렀을지도 모를 마을들이 눈앞에 스쳐 갔다. 축복받은 가을 하늘 아래, 숲속에 숨겨져 있는 회색 지붕과 누런 곡식 이삭, 나무와 관목이 들어선 자그마한 언덕이 여기저기에 펼쳐져 있었다.

다음 날 저녁, 열차에서 내릴 때는 아주 어두웠다. 모든 사람들이 기차에서 내렸다. 나는 우리가 어디에 와 있고, 또 어디로 가는 차를 바꾸어 타야 하는지도 모르고 그들을 따라 내렸다. 나는 갑작스레

잠이 깼기 때문에 정신이 어리벙벙했다.

우리는 한 사람씩 좁은 통로를 지나갔다. 얼마 후, 무한히 멀리 펼쳐진 물같이 검게 빛나는 평평한 곳에 다다랐다. 헤아릴 수 없이 많은 배에서 흘러나오는 작은 불들이 어둠 속에서 물 위를 흐르고 있었다. 나는 까닭 모를 전율을 느꼈다. 그리고 주저하면서 높은 건물을 돌아 부두로 가서, 크고 빛나는 아치형의 현판에 있는 '양자강'이라는 글을 읽었다. 그 역사도 오랜 양자강.

자그마한 배가 한 척씩, 많은 여행객을 태우고 흔들리며 어두운 강으로 나와 남경을 향해 노를 저어 갔다. 배 밑에서는 여러 계곡에서 흘러 내려온 물이 출렁거리고 있었다. 숱한 시인들이 이 강을 찬양했다. 이 강물은 오미산 아래의 평야에서, 적벽(츠비)에서, 치산에

서, 저 동정호에서 흘러 내려왔다.

그처럼 자주 동정호에 관해서, 강남에 관해서 이야기해 주던 나의 누나들이 오래된 이 물 위에 내가 탄 배가 떠 있는 것을 상상이나 할 수 있을까? 그토록 나를 위해 주시던 어머니는 당신의 가장 사랑하는 아들이 지금 어디에 있는지 알고 계실까? 그리고 그처럼 좋아하시며 가끔 소동파의 이야기를 하시던 아버지는 이미 잠드신 지 오래고, 지금은 대지의 품속에 누워 계시지 않은가.

모든 것은 고요한데, 어둠 속에서 뱃전의 물소리만이 출렁거렸다.

강을 건너자 수많은 목재가 깔리고 천장이 있는 길과 도로를 지나, 역마차는 어느 여관에 도착했다.

다음 날, 우연히도 같은 집에 묵고 있는 고국 사람이 남경의 여러 구경거리를 안내해 주었다.

북쪽 도시에 비하면 이곳은 모든 것이 섬세하고 경쾌했다. 심양의 육중한 이중 삼중의 성벽 대신에 이곳에는 운하와 수양버들이 있었다. 북쪽에서는 건강한 병정들이 무기를 들고 순시하는 데 반해, 여기에선 맵시 있는 부인네들이 배를 저었다. 가느다란 창살이 달린 집들, 날씬하게 치켜 올라간 지붕들, 운하에 걸려 있는 나무다리들은 물과 조화를 이루면서 푸르게 빛나고 있었다.

오후에는 마차를 타고 명나라 태조의 묘를 구경하기 위해 시외로 나갔다.

이 황제는 약 오백 년 동안 중국을 통치하고, 원제국이 파괴한 이전의 제국을 재건했었다. 처음에 그는 걸식을 하는 중이었고, 그의 초기 신봉자들 역시 걸인이었다. 그러나 그 중은 걸인이면서도 가슴 속에 커다란 비밀 계획을 품었으며, 그의 눈은 때때로 현인마저 놀라게 하는 초인적인 광채를 발했다.

한국 전설에 의하면, 이 거지 중은 한국의 황해도 태생이라고 했다. 작은 한국은 언제나 가능한 한 모든 것을 자기 것으로 만들려고 했다. 그래서 그 중은 전 한반도를 돌고 나서 만주로 갔다. 그곳에서 그는 가슴에 거대한 야망을 품고 중국으로 향하는 이성계를 만났다. 이 두 젊은이는 노파가 혼자 외롭게 사는 작은 집에서 하룻밤을 지냈다. 노파는 두 사람에게 떡과 술로 대접했다.

이 노파는 매우 고귀한 술잔 두 개를 가지고 있었다. 하나는 금으로 된 것이고, 다른 하나는 은으로 된 것이었다. 자신만만하게 스스로 장래의 지배자라 믿고 있던 이성계는 노파가 금잔은 자기에게 주고 은잔은 저 거지 중에게 주리라고 생각했다.

그러나 노파는 그 반대로 했다. 이성계는 자신의 불만을 드러내지 않았다. 위대한 사람이 사소한 일 때문에 쓸데없이 무슨 말을 할 것인가?

다음 날 아침에 두 사람이 노파에게 인사를 하고 길을 떠나려고 했을 때, 노파는 이성계의 소매를 잡고 이렇게 말했다.

"저 사람 혼자서 중국으로 가게 해라. 너의 길은 동방에 있다."

그 순간 중은 이성계와 작별을 하고 돌아서려 했다. 그때 이성계는 그의 눈에서 초인적인 광채를 보았다. 결국 이성계는 한국으로 돌아와 이씨 왕조를 세웠다. 그리고 당시 같은 시기에 중국에서는 명 왕조가 시작되었다는 소식을 들었다.

두 개의 거대한 호랑이 석상 앞에 도착하기까지는 한 시간 이상이나 걸렸다. 석상으로 둘러싸여 급경사 진 길을 천천히 올라가서, 여러 개의 대문과 마당을 지나 마치 산처럼 앞을 가로막고 있는 둥근 언덕에 닿았다.

저녁노을이 질 무렵, 하늘을 찌를 듯한 대나무 숲을 뚫고 시내로 되돌아왔다. 시원한 바람이 불어 기분이 상쾌했다.

우리는 젊은 남녀를 만났다. 그들과 이야기를 주고받으며 노래하고 산책했다. 수천 년의 역사를 말해 주는 이 남경 땅은 얼마나 아름다웠던가! 버들가지도 새소리도, 산들바람도 식당도, 모두 친숙하게 느껴졌다.

저녁에 우리는 녹색과 금색으로 단장된 그리 크지 않은 아늑한 방에서 술을 마셨다. 그들은 술을 마시면서 내 고향 사람들이 잘 알고 있는 명소와 중국 사람의 생활에 관해서 계속 이야기해 주었다. 그 남자는 이곳에서 공부한 후에, 이웃 도시에서 교사 생활을 하면서 살고 있었다.

우리는 자정이 지나서야 작별을 했고, 나는 위층으로 올라가 푸른색의 조그마한 놋 침대가 있는 침실로 들어갔다. 화장대와 흰 장롱과 수놓인 양산이 좁은 방을 채우고 있었다.

기다리는 마음

상해(상하이)에 도착해서, 나는 한국 해외 유학생 상담원을 찾아가 유럽으로 가고 싶다고 이야기했다. 말투로 보아 그는 우리나라의 북쪽 지방 사람 같았고, 마음씨 좋게 생긴 중년의 신사였다. 그는 내 출생지와 학력과 가정 환경을 묻고 나서, 중국 정부로부터 여권을 구하는 데 최선을 다하겠다고 약속했다. 다만 참을성 있게 기다려야 한다고 했다. 그들은 대체로 친절하지만, 일할 때 서두르지를 않아 오래 걸린다고 했다.

정말 시간이 너무 오래 걸렸다.

아름다운 가을도 한 주일씩 지나가고, 비가 내리기 시작했다. 우기로 접어든 것 같았다. 아침부터 저녁까지 매일 가랑비가 내렸다. 공기는 점점 더 싸늘해졌고, 나는 방에서 덜덜 떨었다. 한국에서처럼 방바닥에다 불을 때지도 않고, 화로나 난로도 없었다.

그래서 비가 내리는데도 불구하고, 나는 가까운 시내 주변을 산책하려고 집을 나섰다. 그러나 도시가 워낙 커서 가장 가까운 들에까지 가는 데도 한 시간 이상이나 걸렸다. 이곳도 심양처럼 평지였다. 언덕도 냇물도 없었다. 만주에서와 같은 그런 폭풍도 일지 않았다. 가는 빗방울이 회백색 하늘에서 내려와 검게 포장된 도로 위에 깔렸다.

저녁때에야 서쪽 하늘이 밝아지고 불그스름한 노을이 스며드는 듯하더니, 곧 젖은 황혼에 사라지곤 했다. 넓은 들판 위로 급히 안개가 퍼져서 나무와 숲을 감싸고, 나중에는 길까지 알아볼 수 없게 되었다. 어찌 된 일인지 들판의 조그마한 돌무더기에 있는 검게 옻칠한 관만이 안개에 묻히지 않고 마치 유령처럼 떠도는 것 같았다. 다시 비가 내렸다.

어느 날 저녁, 가끔 나와 같은 식당에서 식사를 하는 한국 사람으로부터 나 외에도 여권이 없어서 유럽으로 떠나지 못하는 학생들이 여러 명 있다는 얘기를 들었다. 실제로 나처럼 방에 외롭게 앉아서 여권을 받을 행운만 기다리고 있는 네 명의 한국 학생을 차차 알게 되었다.

그들은 지난여름부터 이곳에 와 있었다. 프랑스에 가서 공부를 계속하려고 반년 이상이나 여권을 기다렸기 때문에 유럽 여행에 대한 희망을 거의 포기한 상태였다. 그렇지만 이곳에 머물면서 더 기다리는 것 외에는 다른 방법이 없었다. 그들은 매일 밤 모여서 담배를 피우고, 장기를 두고, 몸을 녹이려고 술을 마셨다. 그리고 책을 통해 알게 된 프랑스인의 생활에 대해서도 종종 이야기를 주고받았다. 그 중 본근(안중근 의사의 사촌)이라는 사람은 아주 어렸을 때 프랑스에

가 본 적이 있다고 했다. 그는 독일의 몇몇 도시를 알고 있어서 우리가 유럽으로 여행을 떠나게 될 경우에는 나를 독일에 데려다주겠다고까지 약속했다. 그러나 우리는 여전히 어둠침침한 '파우강 거리'에 앉아서 장기를 두며 추위에 떨고 지냈다. 우리의 사기는 나날이 떨어졌다.

겨울이 지나가고, 어느새 봄이 왔다. 큰 여객선들은 차례로 항구를 떠나 서양으로 항해했다. 그리고 마침내 우리에게도 기쁨의 날이 왔다. 우리는 모두 여권을 받고, 여행 준비를 하느라 떠들썩했다. 밤이나 낮이나 물건을 사고, 짐을 꾸리고, 도움말을 들으러 다녔다. 차를 타고 항구로 향하는 길에는 흐린 햇빛이 비추고 있었다. 우리는 사람의 홍수를 아무렇지 않게 받아들이는 거대한 여객선을 잠시 동안 말없이 바라보았다. 우리도 다른 사람들 틈에 끼어 거의 끝이 보이지 않는 경사진 계단을 올라갔다. 그리고 수많은 통로를 지나, 마침내 공동 선실이 있는 갑판에 도달했다. 사람들은 작별 인사를 하느라, 끊임없이 고함을 지르고 손을 흔들며 울고 웃었다.

낮은 고동 소리가 울리더니, 커다란 배는 서서히 바다를 향해 뱃머리를 돌렸다. 부두에서는 긴 여행을 축원하는 불꽃을 쏘아 올렸다. 손을 흔드는 사람들과 부두, 집들이 서서히 일직선으로 오므라들면서 시야에서 사라져 갔다. 배는 또 한 번 기적을 울리고 양자강 입구를 떠나 험한 파도를 타고 항해하기 시작했다. 하늘은 누렇고 어둡게 덮여 있었다.

배는 바람과 가랑비를 맞으며 가볍게 흔들리면서 남쪽으로 항해해 갔다. 저녁에 나는 송 왕조의 비극적인 종말이 머리에 떠올랐다. 한때 영화를 누렸지만 전쟁에 차례차례 패하면서 몽고의 말발굽에 짓밟혔던 거대한 제국. 쇠약해진 황실은 이 궁전에서 저 궁전으로 도망치다가 결국에는 이 바다로 나오고 말았다. 무자비한 몽고 장군은 추격을 계속하여 황제의 배에까지 접근했다. 그 배에는 공포에 떨고 있던 열두 살 난 세자와 찬란했던 송 왕조 최후의 신하인 재상만이 남아 있었다. 재상은 한참 동안 움직이지도 않고 낙양을 물끄러미 바라보다가, 송 왕조의 옥새를 자기의 가슴에 매달고 세자를 껴안은 채 파도 속으로 뛰어들었다.

그것은 천 년도 훨씬 전에 남지나해(남중국해)에서, 우리가 지금 지나고 있는 이곳에서 일어난 일이었다. 거친 파도 위에 황혼이 깃들었다. 외로운 정크(중국 해안이나 하천에서 사람과 짐을 실어 나르는 배. 돛대가 셋이고 밑이 평평하게 제작되었다)가 우리의 길을 가로질렀다. 나는 선실로 내려갔다.

할인표를 가진 우리 극동 학생들에게는, 배의 앞부분에 위치한 커다란 선실을 쓰게 하였다. 화물 창고를 깨끗이 치워 학생 선실로 만든 방이었다. 거의 백 명에 가까운 학생들이 여기에 잠자리를 마련하고 누워 있었다.

어둠침침한 불빛 아래에서 나는 좁은 통로를 더듬어 왼편 깊숙한 구석에 있는 내 자리까지 갔다. 항해가 끝날 때까지 고국 사람들은 모두 이곳에서 함께 지내야 했다.

중국 학생들과의 대화는 쉽지 않았다. 그들이 쓰는 현대의 중국

말은 우리가 서당에서 배운 한문과는 완전히 발음이 달랐다. 우리들 중의 단 한 명만이 현대 중국어를 유창하게 할 줄 알았다. 우리는 그들이 말하는 것을 조금밖에 이해하지 못했다. 그래서 깊은 대화를 나눌 때는 자주 붓을 들어야만 했다. 각 글자의 의미와 문장의 문체만은 변하지 않았기 때문이다.

우리는 출발 후 삼 일 만에 사이공(호찌민)에 도착했다. 그러나 상륙은 했으나 좋은 안내자를 만나지 못해 제대로 구경을 하지 못했다. 무작정 열대 식물이 울창한 공원 같은 곳을 방황하다가 동물원에 도착했다. 우리는 모두 지쳐 무더운 오후의 나머지 시간을 여기서 보냈다. 공기가 제법 시원해졌을 때, 갈대밭 사이의 좁은 길을 따라 배로 돌아왔다. 나는 안남(베트남)의 집들을 제대로 보지 못한 것이 내내 서운했다. 안남은 중국을 거치고 우리나라와 너무 멀리 떨어져 있었기 때문에 우리는 이 나라에 대해서 아는 것이 거의 없었다.

그래서 이튿날 아침 다섯 명의 안남 학생들이 우리와 같은 선실을 쓰고 있다는 것을 알았을 때 무척 기뻤다. 나는 안남에서도 통용되는 한자를 써 가면서 그들과 이야기를 나누었다. 안남 학생들도 우리가 한국에서 온 것을 알고 매우 기뻐했다. 오랫동안 말없이 우리의 대화를 듣고만 있던 그들 중의 한 명이 펜으로 '한국은 북쪽의, 안남은 남쪽의 예의국의 관문'이라고 썼다.

대양에서

　배가 남쪽으로 가면 갈수록 날씨는 더욱더 뜨거워졌다. 싱가포르 근처에서는 햇빛이 곧바로 내리비쳐 앉아 있을 수가 없었다. 아마도 이 지독한 더위가 내 악성 눈병의 원인이었는지도 모른다.
　어느 날 아침 잠이 깨었을 때, 나는 두 눈이 무엇인가에 찔리는 것 같은 통증을 느꼈다. 동료들도 내 두 눈이 몹시 충혈되었다고 했다. 나는 곧장 의사에게 달려갔다. 그는 잠시 동안 내 눈을 검사하고 나서, 양쪽 눈에다 연고를 바르고 앞이 보이지 않을 정도로 안대를 단단히 붙였다. 그는 병명을 말하지도 않고 가급적 안대를 떼지 말라고만 했다. 그래서 나는 싱가포르에 도착했을 때 배에서 내릴 수가 없었다.
　아픔은 계속되었다. 의사의 주의에도 불구하고 멀리에서나마 이 도시를 보려고 붕대를 뜯었더니 염증이 더욱 악화되었다. 눈앞에 반짝이는 희미한 빛 외에 아무것도 볼 수가 없었다. 두 눈이 타들어 가는 듯한 통증이 느껴졌다. 의사는 햇빛에 의한 자극을 피해 오랫동안 선실에 가만히 누워 있을 것을 지시했다. 나는 의사의 지시에 순순히 응했다. 시원한 선실 안이 확실히 바깥보다는 견디기가 나았다. 나는 가만히 누워서 배에 부딪히는 파도 소리에 귀를 기울였다. 그러다 잠이 들고, 또 깨어서 다시 파도 소리를 듣곤 했다.

눈을 뜨고 볼 수 있게 되었을 때, 우리는 이미 수마트라 해협을 지나 인도양을 항해하고 있었다. 우리 시야에는 섬도 해안선도 배 한 척도 보이지 않았다. 사방팔방 어디를 둘러보아도 푸른 하늘 밑에 넓고 넓은 바다만이 펼쳐져 있었다. 그렇더라도 눈을 뜨고 그늘 밑에 누워서 잡담을 나눌 수 있어서 아주 유쾌했다.

한국 학생들은 중국 학생들처럼 책을 열심히 읽지 않았다. 중국 학생들은 대부분의 시간을 시원한 선실 안에서 혼자 책을 읽으며 보냈다. 책을 들고 있지 않은 중국 학생은 거의 없었다. 그 반면에 책을 읽고 있는 한국 학생은 더욱더 드물었다.

안남 학생들도 책을 읽기는 읽었다. 그러나 대부분 오락물이었고, 중국 학생들처럼 연구 서적류는 읽지 않았다. 그들이 읽는 소설이나 이야기책은 안남어와 프랑스어로 쓰여 있었다. 그들은 프랑스 책을 조용히 읽었으나, 안남 책을 읽을 때에는 마치 노래하듯이 낭독했다. 그러면 다른 사람들이 그것을 보고 웃었다. 나에게는 그 책 읽는 소리가 감동적으로 들렸다. 저 멀리에 사는 우리나라 사람들도 그런 식으로 책을 읽었기 때문이다. 나는 고향 생각을 했다.

갑판 위에는 극동 학생들 외에도 싱가포르에서 탄 듯한 인도 사람들이 눈에 띄었다. 그들은 학생이 아니어서 우리 선실에 묵지 않았다. 그렇다고 일등이나 이등 선실에서 묵는 것 같지도 않았다. 갑판 위에서 보따리나 담요로 적당히 꾸며 놓고, 잠도 자고 식사도 했다. 그들은 나이 많은 백발의 두 남자와 할머니와 젊은 부인이었다.

오랜 옛날, 칠팔백 년 전에는 많은 한국 학자들이 불교의 근원지에서 수련하기 위해 인도로 갔었다. 그들은 만주, 몽고, 쿠쿠놀 그리고 티베트고원을 지나 서방 하늘 아래 기적의 나라에 도달하기 위하여 이 년 이상이나 걸었다. 이들은 대부분 기행 도중 죽었다고 했다. 그중 몇 사람만이 히말라야산맥을 넘었던 모양이었다. 마침내 경이적인 열대 세계에 도달하여 금빛 찬란한 대웅전 앞에서 인도 현자의 설교를 들을 수 있었던 사람의 심경을 어찌 상상할 수 있으랴!

갑판 위에 있는 인도 사람들은 매우 조용했다. 그들은 가만히 앉아서 가끔씩 나지막하게 속삭일 뿐, 넓은 바다의 출렁이는 파도만 계속 바라보았다.

콜롬보에서는 비가 내렸다. 그럼에도 불구하고 모든 사람들은 부두로 달려갔다. 그리고 실론(스리랑카) 섬을 소개하려는 안내자를 따라갔다. 사이공에서 안내자를 제대로 만나지 못해 구경을 못 했던 우리는 그들과 합류했다. 많은 사람들이 무리 지어 천천히 시내로 움직였다. 도시에는 조그마한 인도인 소유의 상점을 빼놓고는 대부분 유럽식 집들이 서 있어서 서울이나 상해와 그다지 달라 보이지 않았다. 우리 일행은 어디로 가고 있는지 아무도 몰랐으나 구경거리를 놓치지 않으려고 한 사람도 남아 있지 않았다. 마침내 시내를 벗어나 대나무 숲과 종려나무 재배지를 지나 큰 건물 하나가 외로이 서 있는 곳에 도착했다. 나중에 알았지만, 그 건물은 박물관이었다. 그곳에는 수천 불의 불상이 서 있었다. 안내자는 이해할 수 없는 말로 설명했고, 우리는 이 방에서 저 방으로 완전히 지칠 때까지 그를 따라다녔다.

우리 중에는 예술가와 승려들이 있었지만, 그들이 과연 이 짧고 귀중한 시간을 불상 연구에 바치려고나 했을지 의심스러웠다. 관람객의 대부분은 안내자의 설명을 이해하려고 하지도 않고 불상을 보려고도 하지 않았다. 사람들은 어디서든지 가만히 멈춰 서기만 하면 곧바로 주머니에서 안내서를 꺼내어 읽기에 바빴다. 그리고 나서 팁 때문에 귀찮은 문제가 생겼다. 우리는 이 문제를 해결하는 데 관광 시간보다도 더 오랜 시간을 허비했다. 그러고는 출발 시간에 늦지 않으려고 숨을 헐떡이며 배로 달려갔다.

다음 날은 구름을 쓸어 버린 것처럼 하늘이 맑고 깨끗했다. 구름 한 점 보이지 않는 청명한 날씨였다. 맑고 검푸른 하늘에서 태양이 아주 뜨겁게 내리비쳤다. 갑판은 거의 비어 있었다. 더위를 잘 견디는 것 같았던 인도 사람들까지도 모두 시원한 선실에 남아서 책을 읽었다. 그러나 저녁이 되자 갑판은 활기를 띠었다. 이 배에 탄 모든 여행객들이 나와서 즐거운 시간을 보냈다.

한국 사람 다섯 명도 한쪽 구석에 모여 말 잘하는 김 씨의 고향 이야기에 귀를 기울였다. 다른 고향 사람 한 명이 술과 프랑스 과자를 조금씩 준비해 왔다. 일주일 전부터 저녁 오락 시간 때면 차례로 마실 것을 조금씩 가져오는 것이 습관이 되었다. 그러나 이 일도 실천

하기가 그리 쉽지 않았다. 술과 음료수는 식사 때에만 마개가 열린 채 제공되었으며, 식사 시간 외에는 특히 저녁에는 술 판매가 허락되지 않았다. 우리 중의 한 사람이 기절해서 식당 종업원에게 피로 회복제를 부탁하는 데도 상당한 설득력이 필요했다. 우리는 얼마 안 되는 양을 받고도 매우 기뻐했다.

김 씨는 옛 왕조의 수도였던 송도(개성의 옛 이름. 고려의 수도였다)에서 자랐다고 했다. 그는 유명한 집안의 일화를 많이 알고 있었고, 매일 밤 우리에게 하나씩 이야기해 주었다.

우리는 뱃머리 가까운 곳에 앉았다. 그곳은 우리가 이야기할 수 있는 조용한 곳이었다. 우리의 이야기는 파도 소리에 뒤섞였다. 우리는 학문적인 대화에 몰두하는 중국 학생들을 방해하지 않았고, 서로 속삭이듯 이야기하는 인도 사람들도 방해하지 않았다. 안남 사람들은 우리와 가장 멀리 떨어져 있었다. 그들은 상자로 쉴 자리를 만들었다. 한국어, 중국어, 인도어가 하나로 섞여 혼란스러웠다. 가끔 갑자기 조용해졌다가는 다시 벌집을 쑤셔 놓은 것처럼 시끄러웠다. 그러나 점차 조용해지더니 한 사람씩 잠들기 시작했다. 다만 김 씨만이 계속 조용히 고향 이야기를 했다. 그러는 사이 여객선 '포올르카'호는 달빛 밝은 인도양을 항해하고 있었다.

해안

배는 지부티에 정박했다. 나는 이 이상한 이름을 태어나서 처음 들었다. 사람들은 배가 석탄을 보충하려고 이 외떨어진 아프리카의 한구석에 입항한다고 했다. 항구는 비참한 모습을 드러내고 있었다. 모래 언덕 입구에 두 그루의 종려나무가 있는 하얀 집 한 채가 서 있었다. 일사병이 두려워 몇 사람만이 상륙하였다. 우리나라 사람들은 곰곰이 생각하다가, 조그마한 보트를 타고 나무 한 그루 없는 이글거리며 타는 듯한 해안을 건너갔다. 직사광선 아래 돌로 쌓은 제방과 모래 언덕, 그 뒤에 자리 잡은 카페까지 모든 것이 황폐해 보였다. 그 카페에서는 흑인 아이들이 손님에게 부채질을 해 주고 있었다.

우리는 계속 육지로 들어갔다. 처음으로 발을 들여놓는 이 검은 대륙 아프리카에 대해서 가능한 한 많은 것을 보고 싶었다. 우리는 어느 작은 외딴집 앞에서 걸음을 멈추었다. 인도인 학교인 것 같았다. 한 늙은 인도인이 벽 한가운데에 기대어 앉아 있었고, 스무 명 가량의 아이들이 벽을 따라 입구에까지 앉아 있었다. 모든 아이들

앞에는 작은 책상이 놓여 있고, 그 위에 손으로 쓴 교재가 펼쳐져 있었다.

그리고 우리는 원주민 마을로 들어갔다. 좁은 거리에 집들이 두 줄로 서 있었을 뿐, 길은 햇볕에 이글이글 타고 있는 다른 사막을 향해 뻗어 있었다. 집 안팎에는 흑인 남녀가 서서 크고 맑은 눈으로 우리를 바라보았다. 우리는 빨리 그 좁은 길을 따라갔다 되돌아왔다. 사막 한가운데에 있는 이 마을은 너무나 외로워 보였다. 우리는 입구에서 다시 한번 뒤돌아보고는 배로 돌아왔다.

그곳에는 졸졸 흐르는 시냇물도, 과일나무도, 너울거리는 곡식밭도 없었다. 다만 길 양옆에 빈약하게 그늘을 만들어 주는 집의 대열만이 있었다. 그곳 사람들은 고요한 달밤에 무엇을 생각할까!

배는 다시 홍해를 항해하였다. 어느 이른 아침, 본근이 나를 깨워 갑판으로 불러냈다.

"시나이산이야!"

그는 벌써 멀어져 가 버린 산꼭대기를 가리키며 말했다.

그날 밤, 배는 수에즈 운하를 통과하였다. 큰 여객선은 좁은 수로를 간신히 빠져나갔다. 좌우로 쓸쓸한 풍경이 창백한 달빛 아래 전개되었다. 배는 수많은 창문 밖으로 휘황찬란한 빛을 내뿜으며 무섭도록 텅 빈 그곳을 천천히 미끄러져 나갔다.

추웠다. 대기가 거칠어지고, 파도는 더 높아졌으며 가끔씩 시원한 바람이 갑판 위로 불어왔다. 다시 봄이 되었다. 배는 고요히 흔들리면서 짙푸른 지중해 하늘 아래로 나아갔다.

북쪽으로 가자 크고 작은 섬들이 나타났다. 본근이가 내게 "그리스의 섬들이야."라고 속삭였을 때, 나는 얼마나 감동했는지 모른다.

"그리스다!"

나도 소리를 질렀다.

비록 멀리에서나마 소크라테스와 플라톤의 고향을 본 것이었다. 산과 계곡이 안개에 휩싸여 구별할 수가 없었다. 이제 우리는 유럽 해안을 따라 항해했다. 드디어 유럽에 도착했다. 모두들 웃고 기뻐했다.

오후 늦게 파도는 더 높아졌다. 해는 먹구름 뒤로 사라지고 점점 더 어두워졌다. 선원들이 우리에게 와서 곧 폭풍우가 밀어닥칠 거라며 선실로 들어가라고 했다. 굵은 빗방울이 떨어지고, 파도가 심하게 출렁거렸다. 갑판은 비어 갔고, 태풍이 몰아쳐 왔다. 이 거대한 배는 자꾸만 심하게 흔들리더니 바다의 거품 속에서 호두 껍데기처럼 춤을 추었다. 배가 반쯤 파도에 잠겼다가는 다시 올라왔고, 또다시 깊이 가라앉으려고 했다. 선실 안 사람들은 밤새 괴로워했고, 배도 폭풍우와 싸우며 신음했다. 나는 배멀미를 하였다. 지금까지 이런 폭풍을 만나 본 적이 없었다.

다음 날 아침, 지난밤의 악몽은 사라졌다. 태양은 빛나고 바다는 잔잔해졌다. 배는 거울 위를 항해하는 것처럼 고요히 나아갔다. 에트나 화산(이탈리아 시칠리아섬의 활화산)이 내뿜은 연기가 봄바람에 휘어져 가고 있었다.

우리는 점점 육지에 접근했다. 배는 메시나(시칠리아섬에 있는 도시)

해협을 지나갔다. 산이 가까워졌다가는 다시 멀어졌다. 집들이 서 있는 언덕이 우리 앞을 스쳐 지나갔다. 햇볕 드는 들에서 농부들이 일하는 모습이 보였다. 멀리 보이는 열차는 해안을 따라 터널 속으로 들어가고 있었다. 몇 시간 뒤 배는 다시 넓은 바다로 나아가 자신의 고향인 항구로 급히 떠났다.

정오가 조금 지나서 우리는 마르세유(프랑스 남부에 있는 항구 도시) 항구에 입항했다. 갑판 승강구 계단이 내려지고, 이천 명이 넘는 승객들이 내리는 데는 오랜 시간이 걸렸다. 극동에서 온 우리 학생들은 아직도 함께 몰려서 각자의 짐을 든 채 유럽 땅 위에 서 있었다. 우리는 사람을 기다리고 있었다. 프랑스에 있는 중국 학생회 회장이 우리를 도와주려고 마중을 나온다고 했다. 그러나 그는 우리를 어디로 안내해야 할지 모르고 있었다. 오랫동안 의논을 한 후, 여러 길을 통과하여 학교처럼 보이는 건물의 넓은 운동장으로 들어섰다. 여기서 회장은 긴 인사말을 하고, 이 나라의 풍속을 존중해야 하며, 오천 년 문화 민족의 후손답게 행동해야 한다고 충고했다. 공자도 다른 나라에 가면 그 나라의 풍습에 따라 생활해야 한다고 가르쳤다.

그의 연설이 끝나자, 우리는 한 사람 한 사람 방에 불려 가서 많은 중요한 충고를 들었다. 우리는 여권과 성적 증명서, 그리고 가지고 온 재산을 내보이고 체류 허가를 받았다. 여러 프랑스 대학의 안내장과 그 외에 유용한 서류도 받았다. 한 팀씩 학교 운동장을 떠났다. 본근이와 내 차례가 되었을 때는 이미 저녁이 다 되었다. 우리는 짧게 면접을 보고 나왔다. 그가 얼마나 고마웠는지 모른다. 프랑스에 머무를 우리는 서로 작별 인사를 나누었다. 고향 사람 중 둘은 계속 영국으로 여행할 계획이었다. 우리는 작은 식당에 들어가서 앞으로의 여행에 관해서 의논했다.

본근은 나에게 우선 파리 시내를 한번 구경하지 않겠느냐고 물었다. 내가 독일에서 공부를 시작하면, 이곳에 다시 오기가 어려울 거라고 했다. 그러나 나는 오늘 밤 바로 독일로 떠나고 싶었다. 유럽 땅에서의 첫날 밤, 왠지 모르게 나는 우울해졌다. 그래서 앞으로 공부해야 할 목적지로 떠나고 싶었다. 본근은 한참 동안 지도를 훑어보더니 리옹, 디종, 스트라스부르로 통하는 길을 택했다.

우리는 역으로 가서 곧 출발하는 기차에 올랐다. 나는 구석에 자리 잡고 나이 많은 부인 옆에 조용히 앉았다. 본근은 프랑스 사람 사이에 앉더니 팔짱을 끼고는 곧 잠이 들었다.

도착

 날은 다시 밝아졌다. 열차 안에는 우리 둘만 앉아 있었다. 다른 승객들은 이미 그새 내린 것 같았다.
 아직도 희미한 아침 햇살을 받으며 들과 시내와 마을과 언덕들이 마치 주마등처럼 스쳐 지나갔다. 기차는 안전하게 북으로 북으로 달렸다.
 "야, 유럽이야!"
 본근이 웃으며 말했다.
 그는 이곳에 다시 온 것을 무척 기뻐했다. 우리가 보고 있는 들, 집, 교회, 의복, 자동차 등 모든 것에 관해서 내게 설명해 주었다. 그는 프랑스에는 회색 지붕이 많고, 독일에는 붉은 지붕이 많다고 했다. 그리고 프랑스 사람과 독일 사람의 차이점에 대해서도 많은 얘기를 들려주었다.
 우리는 여러 번 기차를 바꿔 탔다. 저녁때 라인강을 건너고 밤새 달려, 다음 날 아침에야 내가 처음 몇 달 동안 머무를 중부 독일 도시에 도착했다. 본근은 유럽에 처음 왔을 때 얼마 동안 이곳에서 살았다고 했다. 그는 큰 도시보다는 낯선 환경에 쉽게 익숙해질 수 있고, 조용해서 공부하기에도 좋은 곳이라고 권해 주었다.

우리는 산책을 나갔다가 큰 공원을 지나갔다. 녹색 나뭇잎들 사이로 비치는 아침 햇살이 신비롭게 보였다. 우리는 강을 건너 옆길로 접어들었다. 그리고 잠시 후에 어느 정원 문 앞에 멈춰 섰다.

"이젠 다 왔어!"

본근이 웃으며 말했다. 그러고는 잠시 주저하다가 벨을 눌렀다.

얼마 후에 한 부인이 나와서 본근과 반가운 인사를 나눈 뒤, 우리를 집 안으로 인도하였다. 우리는 이 층에 있는 넓은 방으로 들어갔다. 본근과 그 부인은 한참 동안 내가 알아듣지 못하는 말로 의논을 했다. 마침내 본근이 말했다. 내가 이 집에서 머물러도 좋다고 허락했다는 것이었다.

그는 내가 이곳에 익숙해지는 것을 돕기 위해 일주일 동안 같이 있었다. 그런 다음 밤차를 타고 다시 프랑스로 갔다. 역으로 배웅을 나갔을 때, 그는 내가 주의해야 할 이 나라의 풍속과 습관을 다시 한번 일러 주었다. 본근은 무엇보다도 내가 말을 많이 하기를 권했다.

"너는 너무 말이 없고, 생각을 너무 많이 해."

그는 웃으면서 말했다.

"동양에서는 침묵이 미덕으로 여겨지지만, 서양에서는 그렇지가 않아. 여기에서는 비사교적으로 보이고, 심지어는 거만스럽게까지 보여. 항상 이야기하는 데 어울려서 같이 대화를 나눠. 날씨, 기후, 음식, 옷, 무엇에 관한 이야기든 다 괜찮아. 우리가 다른 사람들과 어울려서 이 사회와 지구상에서 살고 있는 한, 반드시 철학적인 것에 대해서만 이야기할 수는 없어. 유럽 사람들도 지상에서 살고 있으며, 세상에 대해 이야기하는 걸 좋아한다는 사실을 염두에 둬라."

그의 고마운 충고에도 불구하고 나는 이야기할 용기가 나지 않았다. 나는 어휘가 너무 부족해서 말을 잘못하여 다른 사람들의 감정을 상하게 할까 봐 두려웠다. 그래서 될 수 있는 대로 다른 사람들과의 접촉을 피하고, 본근이가 독일어 학습을 위해 권했던 책에만 매달렸다.

내가 처음 읽은 책은 『녹색의 하인리히』(콧트프리드 켈러의 소설)였다. 본근이 이해하기 쉽게 쓰여졌다며 추천해 준 책이었다. 그러나 나는 매 구절마다 단어를 찾아야 했고, 어려운 문장이 나오면 그 뜻을 분명하게 파악하기 위해서 몇 시간씩 생각해야 했으므로, 이 책마저도 쉽게 읽어 나갈 수가 없었다. 나는 매일 눈이 피로해서 글자를 알아볼 수 없을 때까지 하루 종일 읽고 생각하고, 또 읽고 생각했다. 그러다가 책을 밀쳐놓고 잠시 동안 쉬기도 했다. 나는 창문으로 정원 전체를 내다볼 수 있었으며, 녹색 정원을 바라보고 있으면 눈도 금세 회복되었다. 그러면 다시 읽던 책을 들고, 한 줄 한 줄 애써서 읽어 나갔다.

밖은 완연한 여름이었다. 정원이며 길가에는 꽃이 만발하여 그윽한 향기를 풍기고 있었다.

그러나 나는 마음의 안정을 찾지 못했다. 산책을 나가는 일도 거의 없었다. 언제쯤 이 어려운 독일어를 완전히 익혀 학문을 계속할 수 있을지 몰랐다. 밖에서 사람들과 어울리게 되면 낯선 이국땅에 와 있다는 느낌이 더욱 생생해졌다.

늦은 저녁 주변이 조용해지면 나는 가끔 강을 따라 산책을 하거나, 버드나무 아래에 있는 벤치에 앉았다. 잔잔히 흐르는 물은 나의 마음을 편하게 해 주었다. 이 물이 이렇게 계속 흐르고 흘러서 언젠가는 한국의 서해안에, 어쩌면 연평도에, 아니면 외로운 송림 포구에 닿을지도 모른다고 생각했다.

방학 때 배를 타고 집으로 돌아오는 길에 푸른 하늘 아래로 그 섬과 포구가 스쳐 지나가는 것을 보면서 얼마나 즐거워했던가. 그러면 곧 북쪽에서 수양산이 솟아오르고, 작은 배는 조심스럽게 용지에 입항했었다. 기섭과 용마 형과 만수가 마중 나오곤 했다. 이 친구들과 다시 만나 웃으며 농담을 주고받고, 그들과 함께 고향의 들을 걸어 나의 어머니가 기다리시는 고을로 들어설 때면 얼마나 기뻤던지. 그러면 어머니는 큰 대문 앞에서 나를 맞아 주셨다.

"다시 이 어미한테로 돌아왔구나!"

어머니는 웃으면서 말씀하셨다. 환하게 웃으시는 어머니의 모습을 대하는 것은 정말 즐거웠다.

나와 친구들은 매일 계곡물에 목욕을 하고, 학교 운동장에서 테니스를 치고, 저녁이면 우리 집 뜰에 모여 앉아 이야기꽃을 피우고, 악기를 연주했다. 만수는 깜짝 놀랄 정도로 퉁소를 멋지게 불었다.

용마 형은 그가 읽은 톨스토이의 소설을 곧잘 이야기했다. 기섭은 언제나 조용했으며, 다른 사람들의 말을 즐겨 듣고 빙그레 웃었다. 그들 셋은 우리 어머니를 아주머니라고 불렀고, 마음씨 착한 구월이를 구슬려 채소밭에서 잘 익은 참외를 따 오도록 했다. 내가 친구들과 모여 앉으면 어머니는 얼마나 기뻐하셨던가! 어머니는 정말 기분이 좋아서 음식과 술로 그들을 대접했다.

　지금 어머니는 무엇을 하고 계실까? 주무시고 계실까? 깨어나 계실까? 텅 빈 뜰 안에 홀로 쓸쓸하게 앉아 계실까? 지금도 이 약한

 자식을 그리워하시겠지. 이젠 어머니가 알지 못하는 머나먼 다른 세상에 가 있어서 더 보호할 수도 없는 이 자식을.
 어디에나 달리아꽃이 만발하였다. 그것은 석양이면 찬란하게 빛났다.
 드디어 나는 읽기 시작했던 첫 번째 책을 다 읽었다. 그리고 『명상시』를 읽고 있었다. 이 책은 첫 번째 책보다는 조금 쉬웠다. 이젠 많은 단어를 찾지 않아도 되었기 때문이다.

가을이 빨리 다가왔다. 아침저녁으로 제법 쌀쌀했다. 저녁 안개가 강물 위를 뒤덮었고, 길 위의 나뭇잎들이 바람에 휘날렸다. 추수가 시작되었을 테니까, 어머님은 송림의 돌다리 아주머니한테 가 계실까? 아니면 강 건너 수암의 집에 가 계실까? 그렇지 않으면 산촌 석탑에 가 계실까? 나는 밀만 생산하는 석탑 마을에 딱 한 번 가 본 적이 있었다. 산속 깊은 곳에 있어서 다니기가 매우 힘들었다. 한참 좁고 경사진 길을 걸어야만 했고, 또 넓고 돌이 많은 강바닥을 건너야만 했다.

나는 날마다 한 번씩 고향에서 소식이 왔나 알아보러 우체국으로 갔다. 그러나 매번 빈손으로 돌아왔다. 그리고 점점 불안해졌다. 유럽에 도착한 지도 벌써 오 개월이 지났기 때문이다. 내 편지가 한국에 전달되지 않은 것 같았고, 고향에서 아무 소식도 받지 못한 채 그대로 이곳에서 살게 되지나 않을까 두려웠다.

언젠가 우체국에 갔다가 집으로 돌아오는 길에, 나는 그만 어느 모르는 집 앞에 멈춰 서고 말았다. 그 집 정원에는 꽈리가 자라고 있었는데, 그 빨간 열매가 햇빛에 빛났다.

우리 집 뒷마당에서 그렇게도 많이 보았고, 또 어렸을 때 즐겨 갖고 놀았던 이 식물을 내가 얼마나 좋아했던가! 마치 고향의 일부분이 내 앞에 실제로 와 있는 것 같았다.

내가 오랫동안 생각에 잠겨 있을 때, 그 집에서 한 부인이 나와 왜 그렇게 서 있느냐고 물었다. 나는 그 부인에게 내 어린 시절을 이야기해 주었다. 그 부인은 가지를 하나 꺾어서 나에게 건네주었다. 얼마나 고마웠는지 모른다.

곧 계절이 바뀌고 눈이 내렸다. 어느 날 아침, 자리에서 일어나자 성벽에 흰 눈이 흩날리고 있었다. 나는 하얀 눈을 보며 행복감을 느꼈다. 나의 고향 마을과 송림에서 휘날리던 바로 그 눈과 같았다.

이날 아침, 나는 먼 고향에서 전해 온 소식을 받았다. 큰 누님이 쓴 편지였다. 지난가을에 어머님이 며칠 동안 앓으시다가 세상을 떠나셨다는 사연이었다.

■ 작품 해설

진정한 휴머니스트 이미륵을 만나다

　1999년 3월 독일 뮌헨에서 열린 이미륵 탄생 100주년 기념식장에서 나는 형언할 수 없는 감회에 빠져들었다. 300명 남짓 들어갈 수 있는 강당은 그보다 훨씬 많은 사람들로 가득 찼다. 많은 독일 언론들이 취재에 열을 올렸고, 젊은 학생들이 이미륵 선생의 작품집을 사려고 길게 줄을 섰다.
　5일 동안 열린 기념행사는 바로 이미륵이 꿈에도 그리던 한국 문화의 한바탕 잔치였다.
　34년 전 그래펠핑 공동묘지에서 잡초 우거진 묘비를 어루만지며 연구와 추모를 다짐했던 나로서는 작가 이미륵이 환생하는 자리처럼 느껴졌다.

　이미륵은 1899년 3월 8일, 황해도 해주에서 1남 3녀 중 막내 외아들로 태어났다. 그의 본명은 '의경'이고, '미륵'은 어릴 적 집에서 부르던 이름이다. 어머니가 38세의 늦은 나이에 아들 낳기를 고대하여 미륵보살을 찾아 백일기도를 드린 끝에 얻은 아들이라 하여 그렇게 부르게 되었다고 한다. 당시의 관례대로 미륵은 해주 보통학교(4년제)를 졸업하던 1911년 어른들의 권유로 6세나 연상인 17세의 최문호와 혼인하였다. 자녀는 1남 1녀(명기, 명주)를 두었으나, 아들 명기는 한국 전쟁 때 사망했고, 딸의 생사나 생애에 관해서는 알려진 것이 없다.

1905년부터는 서당에서 한학을 공부하였고, 그 이후 소학교와 신식 중학교에도 차례로 다녔다. 그러나 1914년 신식 중학교에 다니던 중에 건강 상태가 좋지 않아 학업을 중단하고 집에서 쉬었다. 그 후 그는 계속 강의록으로 독학하면서 의사가 되려는 꿈을 키워 나갔다. 1917년에는 경성 의학 전문학교에 입학하였다. 3학년이 되던 1919년 그는 삼일 운동에 가담하여 조국의 기구한 운명에 울분을 품고 동기들과 함께 반일 전단을 인쇄하고 뿌리는 일에 주모자로 활약하였다고 전해진다.

그러나 일본 경찰들의 잔인한 총칼에 짓밟히는 조국의 비극을 가슴에 사무치게 품은 미륵은 끝내 어머니의 곁을 떠나 압록강을 건너 유럽으로 향했다. 그는 프랑스의 마르세유에서 우연히 한국을 잘 아는 빌헬름 신부를 만나 그의 안내로 독일의 뮌스터슈바르차하 수도원에 도착(1920년), 그곳에 머무르면서 독일어를 공부하고 대학 입시를 준비했다.

이듬해인 1921년부터는 뷔르츠부르크 대학에서 의학 공부를 하다가, 1923년에는 하이델베르크 대학으로 전학하였다. 그러나 건강이 나빠져 휴학을 한 후, 1925년부터는 뮌헨 대학에서 동물학을 전공하여 1928년에 동물학 박사 학위를 취득하였다. 그러나 그는 자신의 전공 분야(동물학)에 종사하지 않고 곧 창작 활동에 열중, 한국을 배경으로 한 단편들을 주로 독일 신문이나 잡지에 발표하였다.

1931년에는 이미륵의 생활에 큰 변화가 찾아왔다. 동료였던 지그문트 여사와 디아스 여사의 소개로 자일러 교수를 알게 되어 그 집에 기거하였는데, 그때부터는 자신의 작가적 소질을 발휘할 수 있는 기본적인 여건들이 마련되었다. 1943년에는 그래펠핑에 문화인 단체를 조직하고 정기적으로 문학 작품 발표와 토론회를 열어 작가, 교수, 음악인, 화가, 의사, 언론인 등 많은 지식인들과 교류하였다. 이렇게 그의 활동 범위는 점차 확대되었고, 자신의 능력이나 문학적 소질도 차츰 인정받게 되었다.

이미륵이 최초로 발표한 글은 「하늘의 천사」로서, 옛날 한국의 어느 골목길에서 일어났던 인정 어린 미담으로 시작된다. 옛 서울의 밤거리를 걸어가던 시인이 감옥에 있는 아들의 석방을 위해 빌고 있는 어머니의 소리를 듣고 그녀를 도와주는 이야기다.

이미륵이 남긴 작품은 모두 독일어로 쓰였으며, 한글로 발표하여 소개된 글은 단 한 편도 없다. 그의 내면에서 항시 그를 사로잡고 있었던 민족혼과 향수는 그로 하여금 부단히 글을 쓰게 하였다. 창작 활동을 시작할 당시 그는 비록 독일 땅 서구 문화 속에서 살았지만 민족의식이나 역사관이 결여되어 조국을 비하하는 글은 한 편도 쓰지 않았다. 오히려 그 반대였다. 그가 발표한 초기의 습작들은 그의 문학적인 야심이나 포부가 담긴 순수 문학을 시도했다기보다는 한국을 배경으로 하는 토속적인 민담 같은 단편들이었다. 그러나 이러한 작품을 통해 한국의 풍습이나 윤리적 가치관을 소개함으로써 독일 문단이 점차 그의 작가적인 소질을 인정하게 되었다. 그 이후에 발표한 수많은 단편들과 수필 및 논평들을 통해 그는 동양 문화를 서구에 전달하는 선구적인 기수가 되었다.

그리하여 1935년부터는 「수암과 미륵」이라는 제목으로 본격적으로 자전 소설 형식을 갖춘 작품들과 단편들을 몇몇 문예 잡지 및 여러 신문들에 발표하기 시작하였다. 이미륵이 쓴 작품 대부분은 한국의 풍습과 전통적인 문화를 소개한 것이며, 그가 조국에 살았을 때 한민족이 당한 수난도 직설적으로 표현하고 있다.

1946년에는 그가 1930년대 중반부터 심혈을 기울여 10여 년간이나 집필해 온 그의 대표적인 자전 소설 『압록강은 흐른다』가 뮌헨의 피퍼 출판사에서 출간되어 전후의 독일 문단과 독자들을 놀라게 하였다. 그것은 이 작품에 대한 서평이 유럽의 신문들에만 해도 100여 편에 달했다는 사실로 쉽게 짐작할 수 있다. 또한 1952년 7월 3일 자 독일의 잡지 〈플레엔스 타게블라트〉는 "어느 저명한 독일의 잡지사의 조사에 의하면, 금년도에 독일어로 발간된 서적 중 가장 훌륭한 독일어로 된 책은 우연히도 어느 외국인이 썼는데, 그분이 바로 이미륵 씨다."라는 기사를 실었다.

이미륵은 자신의 작품이 책으로 발간되기 2년 전 집필 중인 작품의 성격과 그 구성 등을 피퍼 출판사의 사장에게 서면으로 설명해 주었다.

"당신도 읽으면 알게 되겠지만 이 소설은 내가 소년 시절에 체험한 일들을 소박하게 그려 보인 것에 지나지 않습니다. 나는 이러한 체험들을 서술하는 데 장애가 되는 기술적이고 설명 투의 묘사를 모두 피했습니다. 동시에 동양인의 내면세계에 적합하지 아니한 세계적인 사건들은 비교적 조심성 있게 다루었습니다. 있는 그대로를 순수하게 그려 냄으로써 한 동양인의 정신세계를 제시하려고 시도한 것입니다. 이것은 나에게 아주 친근한 것으로 바로 나 자신의 것입니다."

이미륵은 『압록강은 흐른다』에서 사촌 수암과 함께 보낸 소년 시절, 가정과 학교생활, 구식 교육과 신식 교육, 일제의 침략과 탄압 정치, 압록강을 건너 조국을 떠나 유럽에 도착하여 독일 생활이 시작되기까지의 이야기를 자전 소설 형식으로 서술하였다. 여기서 작가는 자신의 어린 시절과 역사적인 사건들이 교체되는 가운데 한 인간이 발전적으로 성숙하는 과정을 서술하였다. 작가는 한국의 역사적 및 전통적 배경을 바탕으로 신문명의 유입 과정과 유럽 세계와의 접촉을 일인칭 관점으로 서술하면서, 끝내 되돌아가지 못한 고향과 조국의 이야기들을 외국의 독자들에게 성공적으로 들려주었다.

독자들은 어린 시절의 이미륵에게서 그가 외형적으로 돋보이기보다는 숨어서라도 정의로운 일을 하고 싶어 하는 소년이었음을 엿볼 수 있다.

"수암은 우리 도의 목사(고려 및 조선 시대의 정삼품 외직 문관)의 직위에 관심을 쏟았다. 작년에 이 목사의 취임식을 구경한 적이 있었다. 위풍당당한 목사는 십여 리 밖에서부터 부하들의 환영을 받았다."

그러나 이미륵의 꿈과 포부는 달랐다.

"나는 어사를 보고 더 감동했다. 그는 전국을 순회하면서 관리들이 부정을 저지르고 있지 않은지, 수령들이 자기 임무를 다하고 있는지를 감시하는 직책의 사람이었다. 그는 임금에게 보고해서 부정한 고관들을 파면시킬 수도, 말단 관리를 승진시킬 수도 있었다."

이토록 권세 있는 사람이 주위에 돌아다닌다는 것을 일반인들이 알지 못하게 거지로 가장하여 방방곡곡을 돌아다니는 '어사'가 되는 것이 어린 이미륵의 꿈이었다.

또한 그는 작품에서 '동화 속의 이야기처럼' 평화롭고 그림 같은 고향의 분위기를 잘 묘사하고 있다.

"밤의 고요가 밀려왔다. (……) 저녁마다 종은 스물여덟 번 울렸다. 왜냐하면 저녁 종소리가 스물여덟 명의 운명의 신에게 지배되는 이 땅의 평화를 상징하기 때문이었다. (……) 그는 움직이지도 않은 채, 평화의 상징으로 저녁마다 불을 피워 올리는 봉화산의 봉우리를 바라보았다."

이렇게 평화롭고 조용한 곳에서 어린 미륵은 글을 익히고 학교에 다니기 시작하였다. 글과 예의범절을 배우는 학교와 시골 이야기가 전반 부분을 차지하는 이 소설은 어린 주인공의 순수한 인간성이 성숙되는 과정을 잘 보여 준다.

작가는 그 옛날 아름다운 고향에서 부모님과 누나들에게 들었던 이야기, 친구들과 놀던 이야기, 인성 교육이 중요시되고 언제나 평화롭던 어린 시절의 한국 이야기들을 중점적으로 묘사하고 있다. 다시 말해 고향의 전형적인 정경을 회고적 관점에서 묘사한 것이다.

여기서 작가는 자연을 통해 시간을 초월하여 먼 옛날의 고향 마을에 이르고 있다.

"언젠가 우체국에 갔다가 집으로 돌아오는 길에, 나는 그만 어느 모르는 집 앞에 멈춰 서고 말았다. 그 집 정원에는 꽈리가 자라고 있었는데, 그 빨간 열매가 햇빛에 빛났다.

우리 집 뒷마당에서 그렇게도 많이 보았고, 또 어렸을 때 즐겨 갖고 놀았던 이 식물을 내가 얼마나 좋아했던가! 마치 고향의 일부분이 내 앞에 실제로 와 있는 것 같았다."

이 글의 바탕에는 고향과 조국을 그리워하는 작가의 향수와 가족애가 깔려 있다.

이미륵은 그의 생활이나 작품에 휴머니즘으로 시종일관하고 있다. 민족주의적인 의식이나 윤리 관념이 구체적이었듯이, 그의 생활이나 문학도 본질적으로 인간에 대한 애정과 인류에 대한 동경에 기반을 두고 있었다. 특히 그의 따뜻한 인간애와 겸손한 생활 자세는 휴머니즘의 선언이기도 했다. 그는 언제나 전통이나 인간을 부정하거나 절망적인 태도로 관망하지 않았다.

이미륵의 전 생애에서 그에게 큰 충격을 준 것은, 첫째 일본의 침략과 유럽으로의 망명이었다. 둘째는 그가 독일에서 쫓기며 겪은 제2차 세계 대전과 나치의 출현이고, 셋째는 그를 덮친 무서운 병마였다. 그럼에도 불구하고 그는 자기 자신 속에서 일어난 여러 가지 갈등이나 대립을 적절히 처리하고 해결했다. 아울러 그의 생활력, 즉 생활과 정신을 융합시키려는 강인한 힘은 내성적인 면에 기울어져 있었다. 그렇지만 그는 삶의 봉사에 전력을 다하면서 주변 세계를 이해하고 공감하려 노력했다. 아마도 그의 이러한 삶의 자세가 독일의 지식인들과 청소년들의 마음을 사로잡았을 것이다.

이미륵이 작가로서 남긴 공적은 독일어 작품들과 수필 및 논평들을 통해서 한국 및 동양 사상, 그리고 우리의 정신문화를 서구 세계에 전도한 점이다.

이미륵 문학의 특성은 두 가지로 정리해 볼 수 있다. 첫째, 소재의 단일성이다. 그의 대표작 『압록강은 흐른다』는 물론, 유고로 소개된 『무던이』, 『그래도 압록강은 흐른다』와 그 외 단편들도 주로 한국을 중심으로 동양인의 정서와 전통을 소재로 하고 있으며, 늘 우리 문화에 대한 사랑과 예찬으로 가득 차 있다.

둘째는 문체의 간결성이다. 간결한 독일어 문체의 뒤에 숨어 있는 작가의 살아 있는 혼, 생생한 인격과 사상이 그의 작품 속에서 잘 전달되고 있다. 그의 묘사는 객관적인 위치에서 배경, 인물, 장면 등을 간결하게, 그러면서도 구체적으로 드러나게 한다. 나치의 박해를 피해 1937년 이탈리아로 망명한 독일 작가 슈테판 안드레스는 1947년 이미륵에게 보낸 편지에서 『압록강은 흐른다』에 대한 소감을 다음과 같이 적었다.

"당신의 작품에 아이들이나 어른들 모두가 똑같이 매료되었습니다. 모두 그토록 즐거운 마음으로 이 책을 읽었다는 것은 그 수용 폭이 얼마나 넓은가를 잘 입증해 주는 것입니다. 당신 문체의 간결성과 평온한 분위기, 작가적인 재능을 드러내 주는 묘사와 인간미를 풍기는 면면들은 마치 비단 두루마리를 차근차근 풀어 나가는 것 같은 기분이 들게 합니다."

이 작품이 1950년 독일에서 다시 출간되었을 때에도 독일의 평론가들은 서로 경쟁이나 하듯이 여러 신문과 잡지에 좋은 서평들을 실었다. 〈바이어리쉐 슐레〉라는 잡지에는 "그의 언어는 아주 소박하고 포근한 분위기로 가득 채워져 있어서 독자들은 이 작품을 읽으면서 가까운 이웃으로부터 이야기를 듣는 것 같은 느낌을 받게 된다."라는 서평이 실렸다.

따라서 이러한 이미륵의 글이(주로 『압록강은 흐른다』의 발췌문) 독일의 중학교 국어 교과서에 실린 것은 결코 우연이 아니라고 할 수 있다. 여기에는 물론 이미륵의 우수한 문체를 소개하려는 의도와, 또한 동양 세계에 대한 지식을 독일 학생들에게 전달하려는 목적도 있었을 것이다.

그는 만년(1947~1950)에 뮌헨 대학교 동양학부에서 한학과 한국어와 문학을 강의하였고, 유명한 동양학 학자들을 배출시켰다. 1950년 정월, 병세가 악화되자 그는 뮌헨 교외의 볼프라츠하우젠 병원에 입원하여 수술을 받고 에벤하우젠 요양소로 들어갔다. 그러나 끝내 꿈에도 잊지 못하던 조국과 가족들을 다시 보지 못한 채 1950년 3월 20일, 51세의 나이로 세상을 떠났다. 고인의 묘소는 아직도 뮌헨 교외 그래펠핑에 있으며, 1995년 새로 이장된 묘소에는 한국식 비석과 상석들로 단장되어 있다.

이미륵은 국내보다는 독일에 훨씬 더 잘 알려져 있는 작가이다. 이제 그의 친구들은 대부분 세상을 떠났지만 자일러 교수 댁의 가정부였던 자이처 부인, 이미륵의 제자이자 고서적상 주인인 뵐플레 할머니, 역시 이미륵의 제자이자 전 하이델베르크 대학 교수인 귄커 데본 교수 등 생존해 있는 분들이 기억하고 평가하는 휴머니스트 이미륵은 우리 민족에게 많은 용기와 자긍심을 선물해 주었다.

늦었지만, 그의 영혼과 민족의식만이라도 한국인들의 가슴에 자리 잡게 해야 할 때이다. 수많은 독일인들이 이미륵을 추모하고 사랑하는 동안 과연 우리는 그의 작품을 애독하고 묘소를 기리는 일에 얼마만큼 관심을 기울였던가! 그는 비록 우리 곁을 떠났지만 우리는 그의 영전에 머리를 숙이고, 그가 남긴 빛나는 예지의 거울에 우리의 얼굴을 비춰 보며 그를 찬미하여야 한다.

  1999년에 거행되었던 이미륵 박사 탄생 100주년 기념행사에 이어 2000년 그의 서거 50주기를 계기로 고인의 흉상 제막식이 서울 서초동 국립중앙도서관에서 성대히 거행되었으며, 제작된 흉상의 한 기는 국립 도서관에, 또 한 기는 베를린 소재 주독 한국 문화원에 세워졌다. 최근에는 독일에 유학 가는 학생들이나 여행자가 많아 새로 단장된 고인의 묘소를 참배하는 한국인의 수도 많이 늘었다고 하니 듣기에도 흐뭇한 일이다. 또한 북녘에 남아 있을 유족들도 고인의 묘소를 참배할 수 있기를 기대해 본다.

정규화(전 성신여자대학교 독문과 교수, 이미륵박사기념사업회 회장)